ダンスる女子とスクエア男子

小宮天八

文芸社

目次

ダンスる女子とスクエア男子

一　春のきざし

スクエアダンス初心者講習会

研究所にある事務室のデスクで文献を読んでいた氷谷露丸《ひたにろまる》は、周りがざわついていることに気が付いた。顔を上げると、新卒の新入社員と思しき一行が事務室に入って来たところだった。人事部が研究所の中を案内しているようだ。もうそんな季節か。隣を見ると同僚の高山和夫《たかやまかずお》は社内報のページを必死にめくっている。周りの連中も同じようなことをしていた。原因は直ぐに分かった。新入社員の中に綺麗な女性がひとりいたのだ。氷谷もデスクの上にあった社内報を手に取り、新人紹介欄を探した。そこの顔写真の中に津根奈純《つねなじゅん》という名前の子を見つけた。可愛いなあと思って緩んだ顔を上げると、なぜか目の前に立っていたその本人と目が合って、思わず「わっ」と声が出てしまった。氷谷はじっと見られていたらしい。周りから笑い声が上がった。彼女の笑顔が輝いている。氷谷の心の中に現れた風船が春の陽気の中で揺れていた。

彼女……か。懐かしい響きだ。遠い昔にそんな感覚があったような記憶がよみがえる。

見学が終わったのか新入社員が事務室から出ていく。その後ろ姿を氷谷は目で追った。

学生時代の青春の夢を思い出した。仕事に人生を賭けるのか、それとも好きな女《ひと》と一緒に暮らして幸せな人生を生きるのか。どちらの夢が正解なのだろう。夢のような恋愛に惹かれていたのに、いつも恋愛から逃げてきた。告白する勇気が無かった。断られるのが怖かった。そんなことは特別なことでもなんでもないのに、氷谷にとっては大問題だった。不器用だった。臆病だった。昔も、そして多分今もそうだ。自分に自信が無いだけだ。これからもそうなのだろうか。

氷谷は二年前に大学院を卒業した。大手製薬会社に就職し、研究所に配属された。桜の花が燦然と輝いていた季節だった。新緑の青葉が輝いている季節だった。仕事に人生を賭けたのだ。専門職の仕事を希望していた氷谷は、望み通りの人生を歩み始めた。ところが研究職は思いのほか激務で、二年間で成果を出せない社員は研究所に留まることが許されないと聞いていた。その言葉が耳鳴りのように響いていた。

二年目の秋、氷谷は限界を感じていた。自分では一生懸命にやっているつもりだが、一向に成果は見えない。二年で結果が出なければ無能の烙印が押される。無力感が氷谷の体を、脳を蝕む。毎日変な音が耳鳴りのように聞こえてきた。いつしか意欲もしぼんでしまった。何気なく研究室の窓から外を見ると、木枯らしが吹いていた。枯れ葉がつむじ風に舞い上げられて渦を巻き、敷地の隅に吹き溜められている。役に立たない葉っぱの成れの果てか。あれは自分の姿ではないのか。枯れ葉が地面を擦るカサカサという音が、コソコソという音に聞こえてきた。枯れ葉が一枚吹き飛ばされるように、昨年末、ついに氷谷は研究所から逃げるように退職した。

年が明け、氷谷は新たな仕事を求めて、製薬会社以外でバイオ関連の会社数社に履歴書を送った。しかし、面接してくれる会社は一社もなかった。

そんなある日、無職の氷谷は喫茶店で新聞の求人欄を見ていた。そこに特殊臨床検査の検査員募集という求人広告を見つけた。バイオ関連ではありそうだ。さっそく電話してみた。履歴書を持参して二日後に面接に行くことになった。運が向いてきたのかもしれない。

その日は寒い一日だった。白い息を吐きながら面接会場に足を運んだ。この会社の研究所だ。面接官は二名いた。氷谷は面接官にじろじろと見られ、簡単な質問に答えただけで面接はすぐに終わった。帰ろうとすると、ちょっと待ってくださいと言われた。もう一人会ってもらいますと。待っていると五十代くらいの大柄な男性が入って来て、氷谷の履歴書を手に取った。それに目を通すと、大きな目で氷谷を睨んだ。値踏みをしているのだろう。緊張感が走る。

「検査ではなくて研究に興味はありませんか」

そう言われた。氷谷をじっと見ている。

「検査の経験は無いので、できれば研究を希望します」

そう答えていた。枯れ葉が新緑に変身するチャンスかもしれない。前職のことで、課長は誰でしたかと聞かれた時には驚いた。当時の上司の名前を告げると、面接官であるその大柄な男性は「ふーん、あいつがねえ」とつぶやいた。なぜ上司のことを知っているのだろう。その後は軽い雑談のような話を少しすると面接は終わった。

なんとなくふわふわした手応えがあったような気持ちでアパートに帰った。

数日後に採用通知が届いた。こんな簡単に決まっていいのだろうかと心配になる。地方ではこんなことはまずない。いやはや東京というところは。田舎者にはびっくりだ。その時、青春の夢を思い出した。今は冬だ。春は近い。新芽を出し、青葉を茂らせるのだ。

二月末になっていた。その日は朝から雪がちらちらと降っていた。新しい会社の本社に着くと、数名の者が既に集まっていた。人事部の人から簡単な説明があった。中途採用者向けの社員研修を三日間受けてもらうという。どんな会社なのかが手っ取り早く分かるのでありがたい。ところで、この会社に採用されたのは大手製薬会社の元社員ということに価値があったのだろうか。だとすると会社を辞めたことで氷谷は肩書きを得たことになる。大手製薬会社の元社員。二年間働いて得たものはこれだったのか。まるで大学の卒業証書だ。三日間の研修が終わり、氷谷は研究部研究三課へ配属の辞令を受け取った。

研究所への初出社日、研究部の事務室に案内された。部長は不在だったので、課長に挨拶した。

三課の課長は村上保《むらかみたもつ》といい、氷谷は社員研修が終わったことの報告と挨拶をすると、事務机の場所を教えてくれた。その机の上にはパソコンも準備されていた。研究部にはいくつかの課があり、村上課長の担当は免疫技術分野だった。検査分野の免疫学については詳しくないので、それなら、まずは専門書や文献を読み込むように言われた。図書室があるというのでそこに行き、専門雑誌をペラペラとめくって見ていく。総論を見つけては読んでいった。その内容の専門書があったのでそれを借りて事務室で読むことにした。

次の日も、専門書を読み込んでいった。一週間が過ぎた頃、こんなことで給料をもらってもいいのだろうかと不安に思った。その反面、じっくりと専門書を読める時間は今しかないとも思い、図書室で専門書を借りては読み込む作業を続けていた。

事務室に人がほとんど居なくなった時に、高山が話しかけてきた。

「氷谷さんは前の会社で、どんな研究成果を上げたんですか」

まだ高山とはほとんど話をしたことがないので、何事かと思った。

「いや、成果というほどの研究はできませんでした」

氷谷がそう言うと、高山はやっぱりというような顔をした。

「なんだ、大手製薬会社の研究所に居たからと言ったって、何の成果も無いのなら素人と同じじゃないですか」

高山はにやにやしながら氷谷を見ている。

「何が言いたいんですか」

氷谷はむっとして高山の顔を睨みつけた。

「だいたい成果が無いんじゃ、専門家とは言えないでしょ。それだったら、わざわざ聞いてもしょうがないと思ってさ。何か教えてもらえるのかと思ったのが間違いでした。部長も引っ張る人を間違えたんじゃないのかな」

高山は氷谷のことを侮りたいだけなんだ。怪しい臭いがぷんぷんする。くだらないことを考える暇があったら、脳みそをもっと働かせれば良い考えが生まれるのに。嫌な奴だ。

「検討する分野が初めてだからといって、専門の人にかなわないというわけではないはずです。常識を疑えと言います。専門の人には当たり前すぎて、見逃していることがあるかもしれませんよ。だからこそ、ビギナーズラックということが起こり得るのだと思います」

氷谷の勢いに高山は分が悪いと思って諦めたのか、悔しそうな顔をして事務室から出て行った。

研究所の正門の横に大きな桜の木がある。四月には桜の花びらで地面がピンクに染まった。氷谷の再出発を祝してくれるピンクの絨毯だ。

村上課長から氷谷に一つの課題が出された。標準品とそれに対する抗体を使って検査キットを作製し、その性能を評価すること。文献を読んで段取りを考えていた。

新入社員が研究部の事務室を案内されて、氷谷が津根奈純と出会ったのはその頃だ。

それからしばらくしたある日の仕事終わり、山岡剛《やまおかつよし》部長に一杯誘われた。付いて行って入った店は居酒屋だった。

「どうだね、会社の雰囲気は」

部長は面接の時に、研究に興味はあるかと聞いてくれた人だ。この部長に会っていなければ研究部への採用は無かっただろう。

「はい、すごくいい環境だと思います」

高山のことが頭にはあったが、氷谷は話さないことにした。

「面接ではびっくりしたよ。普通、スーツ着てくるだろ。採用面接だからさ。それが普段着で来てるじゃないか。貧乏なのかよって。そう思うと可哀想になってねえ。それに同じ製薬会社出身だしな」

部長はグラスに入った焼酎の中の赤い梅干しをカラカラとかき混ぜた。

「そうなんですか。全く知りませんでした。いえ、そうかもしれないと思っていました」

氷谷は自分の味方のような人が居ることが嬉しかった。中途採用してくれたことに氷谷は感謝していた。

「まあ、この会社でも才能を発揮してくれればそれでいいんだ。血中に何か新しい因子が発見されれば、それに対する検査法が必要になる。血中にはいろんな物質が放出されるからな。検査もなかなか奥が深いんだよ」

そう言うと、部長は焼酎に口を付けた。グラスをテーブルに置くと、話題を変えた。

「ところで、今年の新入社員の中にひとり綺麗な子がいたけど、覚えているか」

「はい、見ました。津根奈純という子ですよね。事務室にも見学で来ていました」

「その子なんだけど、結婚相手はもう決まっているというじゃないか」

「え、本当ですか」

氷谷の心の中の風船が急に力なくシュルシュルとしぼんでいく。顔色が変わったのだろうか。

「大丈夫かね、氷谷君。さては君も彼女を狙っていた口だな」

そう言うと部長は、さも可笑しそうに声を上げて笑った。


早いもので、会社に入って二回目の新年が明けた。入社三年目に突入。石の上にも三年だ。

松の内も終わりしばらく経ったある日の朝礼で、広報部の社員が社内報の取材で研究所に来るということを聞いた。今回の取材は研究部の研究三課だという。事務室に残っていた氷谷に受付から広報の人が来たという連絡が入ったので、手の空いていた氷谷が中央玄関まで出向いた。

「よろしくお願いします」

広報から来ていたのは津根奈だった。あの笑顔が、見た瞬間に蘇った。

「あっ」

氷谷は驚いて声を上げた。

「あ、ひょっとしてあの時の」

津根奈も驚いた顔をしている。

「覚えてくれていたんですか」

「目の前でびっくりしてた人でしょう。可笑しくって。もちろん覚えてますよ」

「ああ、そうですよね、恥ずかしいなあ」

津根奈は新人の初々しさから魅力的な女性へと変貌していた。

まず事務室で研究テーマをホワイトボードに書いて簡単に説明した。それから研究室へ移り、そこに居た研究員の紹介と、中にある分析機やその他の機器、そして設備の使用目的などを津根奈に説明して歩いた。彼女は写真を撮りながら説明を聞いている。

取材は昼前には終わった。せっかくなので、お昼に誘った。社員レストランには日替わり定食の他、一品ものとかスパゲッティやうどんなどの麺類もある。

「研究所の人っていいですね。社員レストランを利用できるんだから。本社は大変です」

津根奈は素の女の子に戻ったような羨ましそうな顔をした。

「まあ確かに、今日のお昼はどこで何を食べようかなんて毎日考えるのは大変ですよね」

「違うんです。私は毎日自分でお弁当を作って来るんですよ」

まるでクイズに勝ったように津根奈は嬉しそうな声を上げた。

「さすがですねえ。いいお嫁さんになりますよ。あれ、結婚してるんだっけ」

津根奈の微妙な顔を見て、氷谷は直ぐに言い直した。

「ごめん、確か入社した時には結婚相手がいるということを、噂で聞いていたので。余計なことを言いました」

くすっと笑うと、津根奈は氷谷の顔をちらっと見た。

「その人とはいろいろあって、別れました」

「そうなんだ。ずいぶん悩んだんでしょうね。次はいい人に出会えますように」

「やだ、優しいんですね」

津根奈にそう言われて、氷谷は忘れていた心の中の風船が自然にむくむくと膨らんでくるのを感じた。

その日の昼食後、事務室で一休みしていると、同僚の森川恵《もりかわめぐみ》が話しかけてきた。

「お昼はすごく楽しそうだったじゃない。あんな嬉しそうな顔をした氷谷さんて、初めて見た」

「そうそう、本当にね」

他の女子社員もうなずいている。

「そんなに嬉しそうな顔をしてましたっけ」

わっと女性たちが笑い出した。

「好きですって顔に書いてあったわよ。氷谷さんは綺麗な女性が好きなんだ。ふーん」

女性たちの目が光っている。平静に接していたつもりだったが、傍から見ると氷谷はいつもの様子とは違っていたようだ。単純で分かりやすいと言われたようなものだ。心がガラス張りになって、誰でもその中を覗けるようになっていたらしい。別に秘密にしていたわけではないが、見られたのか。氷谷は顔が熱くなってきた。


二月に入ったある日、昼食を済ませて事務室に戻ってきたところ、森川さんの周りですごい、凄いと声が上がっていた。何だろうと思って氷谷が近くに寄ってみると、何かの写真を見せているところだった。さらに近づいて覗き込むと、その写真にはロングドレスを着て、濃いメイクをした女性三人が写っていた。その中の一人が森川さんだという。女性はメイクで別人になる。男性には、その手のビフォー・アフターの判別能力はない。

たまたま通りかかった山岡部長が、どれどれと言って近づいてきた。そして三人の女性が写っている写真を手に取った。

「え、この中に森川さんがいるの。どこに」

「右の人が私」

そう言われて、山岡部長は森川さんの顔を見た。そして再度写真を見て目を凝らし、目を細めたり大きく開けたりしてみた。

「うっそー、森川さんは写ってないじゃない」

部長の反応に皆が笑った。

「失礼ねえ、ちゃんと写ってるでしょ。ここよ。どこに目が付いてるのよ」

部長は訳が分からないという風な顔で、ぶつぶつ言いながら事務室を出て行った。

森川さんが趣味で社交ダンスをしていたなんて知らなかった。ご主人と踊っているのか聞いたところ、彼はダンスには興味がなく、森川さんが踊っている姿を写真に撮るのが好きなのだという。いずれにしても趣味の世界を持っているのもいいなと思った。

「社交ダンスってラテンもあるんだろ。日本人には似合わないよなあ」

同僚の高山は腰を振って踊る格好をすると、にやにやしながら言った。

「ねえ、氷谷さん。あの津根奈さんもダンスを踊ってるって、言ってたわよ」

森川さんによると、津根奈には女子会で会ったという。同期の女性で仲の良い社員が研究所に居るらしく、それで研究所の近くにも来るのだという。

氷谷はわざと興味がないような顔をしたつもりだったが、顔が引きつっていただけかもしれない。ツネナという音に過敏になっていた。ダンス、ダンス、ダンスだ。

氷谷はアパートで一人暮らしをしている。朝はヨーグルトにチーズ、バナナ。休みの日の昼は喫茶店でモーニングを食べ、夜は定食屋で済ませた。自炊はしていない。自分のために料理をする意欲も興味も湧かなかった。旨いものを食べることに特に興味は無かった。興味を持つ必要も感じなかった。多分、女性とあまり付き合ったことが無いことと関係がありそうだ。

脳味噌の記憶箱に「ダンス」という言葉が貼りついていたせいか、しばらくすると、今までは気が付かなかった新聞の読者投稿欄に「ダンス」という言葉を見つけた。初心者講習会を行うので参加者を募集しているという。講習は全部で十二回あると書かれており、具体的なので信頼できそうだと思った。全く知識が無い氷谷でもダンスの基礎を学べそうだ。一緒に踊ってみたい。

「若い女性はほとんどいませんよ」

電話に出た男性は、用心深そうな声で言った。

氷谷がダンスの初心者講習会の連絡先に電話して、どのような方たちが集まっているのですかと聞いた時だった。女性目当ての輩からの電話が多いのだろう。講習会の前に見学会があるのでそれを見て、参加するかどうかを判断してほしいと言われた。当日持参するものは特に何も無いことを確認し、受話器を置いた。

二月最後の土曜日、午後六時から見学会は始まる。地下鉄の最寄り駅から徒歩五分くらいと言われていた。その駅で降り、改札を出てエスカレーターで地上に出た。ここから、横断歩道の向かい側にあるビルの二階にファミリーレストランが見える。そのまま真っ直ぐ歩き、右に曲がるとその先に日の丸会館はあった。入り口の前で立ち止まり、氷谷はその建物を見上げた。ここで社交ダンスが踊られているのか。深呼吸をして正面玄関から入った。真っ直ぐ進むと下り階段がある。下りていくと途中の踊り場で見学会の受付用テーブルが置かれていた。女性が二人座っている。

「先日電話した氷谷ですが」

見学会に参加希望であることを告げると、名前と連絡先を参加申込書に書くように言われた。その時に、「スクエアダンス」という文字が目に入った。

「あの、これって、社交ダンスですよね」

氷谷は受付の女性の顔を見た。女性たちはお互いに見合ったが、顔は笑っていた。

「ごめんなさい、社交ダンスじゃなくてスクエアダンスというんです。せっかくいらしたのですから、見学だけでもされてはどうですか。無料ですから」

社交ダンスじゃなきゃ津根奈には会えない。自分は何をやっているんだろう。でも、わざわざ来たという思いが氷谷にはあったので、今日のところは見学していくことにした。

下のフロアからは軽快な音楽が聞こえてくる。階段を下りていくと、バレエかダンス用のふっくらと膨らんだカラフルなスカート姿の女性たちでロビーはあふれ返っていた。凄い、これは非日常の世界だと思った。女性たちはスカートをゆっさゆっさと揺らしながら歩いている。見学会に来た人は私服のままなので、直ぐに見分けがついた。扉を通りホールの中へと入った。ホールの壁際には椅子が並べられ、私服の人たちが既に何人も座っていた。ホール正面のステージ上にはテーブルが置かれ、パソコン、アンプ、マイク、スピーカー、などの音響機器らしきものが並んでいた。

ホールの中では、華やかな衣装のダンサーたちが踊る用意をして立っていて、お喋りしながらダンスが始まるのを待っていた。時間が来て、ホールの扉が閉じられると、ステージに上がった男性がマイクを持って話し始めた。

「えー、皆さん、どーも。丸の内スクエアダンスクラブ会長の佐田亘《さだわたる》でございます。私たちは毎週ここでスクエアダンスを趣味として踊って楽しんでいます。今日は見学会ですが、来週からは講習会が始まります。初めての方が参加しますので、少しでも多くの方にクラブに入会してもらえるように、楽しく踊りましょう。さあ、それではまず足慣らしです。見学の方は見ていてください」

音楽が流れ出した。オールディーズをダンス用にアレンジしたような曲だ。マイクを持った男性が英語で発声というか、何かを英語で喋り始めた。すると、ダンサーはその喋りと同時に動き出した。マイクの男性が動きを指示してコントロールしているらしい。でも、何を喋っているのかはっきりとは意味が分からない。氷谷は後から入って来た黒ぶち眼鏡の女性に話しかけた。

「英語みたいですね。参ったなあ」

眼鏡の女性も同じことを思ったようだ。

「ほんとにねえ、英語の達者な方募集、なんて聞いてませんし」

軽快な音楽に合わせて、時々、ヘーイという掛け声を上げ、楽しそうに踊っているダンサーたちを見ていて、よくは分からなかったが不愉快な気持ちにはならなかった。とにかく、スクエアダンスは変わったダンスだということが分かった。ダンスに詳しいわけではないが、こんなダンスは他にはないだろう。

踊りが一旦ブレイクになった。どんなダンスか分かったところで、最後まで見ている必要もないので帰ろうと思い、氷谷は立ち上がりかけた。

「では、見学者の皆さんも一緒に踊ってみましょう」

さっきとは別の男性がマイクでそう言うと、会員の女性たちが椅子に座っている見学者めがけて、わっと殺到してきた。氷谷の目の前にも、ふわふわに膨らんだピンクのスカートの女性が「踊りましょう」と言って手を伸ばしてきた。今日は見るだけだと思っていた。目の前に迫ってきた女性を見て顔が熱くなる。これは相当に恥ずかしいと思ったが、誘われるままに氷谷は女性に手を引かれてホールの中ほどまで歩いた。柔らかくて温かい手だった。カップル同士が向かい合うように立っている。

「見学者の皆さん、お待たせしました。体験タイムです」

マイクの男性が言った。

氷谷は思う。見学会は見るだけだと思っていた。体験したいわけではない。そんなこと聞いてないぞ、騙された、だから嫌なんだ、心の中で虫が騒いでいる。

マイクの男性がダンスの説明を始めた。男性が左側、女性が右側に立って内側の手を取り合う。これがカップルで、お互いをパートナーと言います。四カップルが中を向いて立っています。この形をスクエアセットと言います。その形が四角形即ちスクエアなので、スクエアダンスと言います。男性女性ともパートナーと反対側ななめ前に居る隣の人をコーナーと言います。マイクを持ってコールつまり指示を出す人、私がコーラーです。コーラーに背を向けて立っているカップルが一組です。反時計周りに二組、三組、四組と続きます。一組と三組をヘッヅ、二組と四組をサイズと言います。男性をボーイズまたはメン、女性をガールズまたはレディーズと呼びます。

なお、女性でたすきを掛けている人がいますが、男性役の人です。男性よりも女性の方が圧倒的に多いので、便宜上そうしています。氷谷は三組のカップルだな、と理解した。

マイクの男性は説明を続けた。ではコールの説明です。まずは挨拶から。バウ トゥー ユアパートナーと言われたらパートナーと向き合ってにっこり挨拶。この時片足を少し後ろに下げます。バウ トゥー ユア コーナーと言われたらコーナーさんとにっこり挨拶します。ジョニハンズサークル レフト、八人で手をつなぎ、左手の方向、時計回りに歩きます。サークル ライト、右手方向つまり反時計回りに歩きます。ここでややこしいのは、サークル レフトというのは左回りという意味ではなく、手をつないでサークルを作った時に、左手のある方向にという意味です。実際には右回りになります。

「根岸君、ややこしいよ、その説明は」

最初にマイクを持った佐田という人が声を上げた。

「すいません。今のは忘れてください」

根岸と言われた人は恐縮していた。

「サークル レフトというのは、手をつないでサークルを作った時に、左手の方向に歩くということです。会長、これでいいですか」

根岸コーラーの問いかけに、佐田会長は頭の上に両手で輪を作った。ＯＫサインが出た。

「では実際に動いてみましょう。ジョニハンズ サークル レフト、左へ動きます。サークル ライト、右へ動きます。よくできました」

　次はアレマン レフト、コーナーさんと向き合ってお互いの左手の二の腕をとって半回転します。するとパートナーと向き合います。グランド ライト アンド レフト、男性は反時計回りに、女性は時計回りに、パートナーと右手を取り合って軽く引っ張って通り過ぎ、次の人と左手を取って通り過ぎ、同じように右手、左手と通り過ぎると目の前にパートナーが来ます。

「では実際に動いてみましょう。アレマン レフト、左の二の腕を取って半回転、グランド ライト アンド レフト、パートナーさんと右手で通り過ぎて、次に左手で通り過ぎて、右手、左手、そしてパートナーと会うまで。はい、よくできました」

　次はスイング、男性は左手で女性の右手を取り、女性は左手を男性の右肩に置き、男性は右手を女性の肩甲骨の下辺りに当て、女性の体重を男性の右手で受け止めるように遠心力がかかるように、お互いの右腰を近づけてその場で歩いて一回転します。ゆっくりでいいです。プラマネード、男性左の手のひらを上に、女性は左の手のひらを下にしてつなぎ、右手同士を女性の前でつなぎ、反時計回りに歩きます。スクエアセットを作った時の最初の位置をホームと言い、歩いてそこに戻ります。お家に帰りましょうというわけです。

「では実際に動いてみましょう。パートナーと向かい合ってスイング、これは一番難しいんです。

社交ダンスで踊る動作に似ています。スクエアダンスではお互いに向き合って右腰を近づけ、その場で歩いて一回転すればいいです。プラマネード、はい、手をつないでお家に帰りましょう。では一度音楽をかけて動いてみましょう」

スイング、社交ダンスに似ている……。津根奈……。どこに居るの……。

軽快な音楽が流れた。説明のあった内容、つまりパートナーとの挨拶からパートナーとのプラマネードでお家に帰るまでを実際に動いた。動きやすくあっという間に終わってしまう内容だった。そして休憩となった。

氷谷は壁際の椅子に座った。氷谷たち見学者が休んでいる間に曲がかかり、会員たちはダンスを始めた。よく聴いていると、コーラーがマイクでアレマン レフトとか、グランド ライト アンド レフトなどと確かに言っているのが分かった。さっきまでは何を言っているのか意味が分からなかったが、講習を受ければ分かるようになるわけか。踊れるようになれば楽しいだろうなと思った。会員たちのダンスが終わり、短い休憩の後に体験の講習が始まった。

「はい、では見学者を誘ってスクエアセットを作ってください」

根岸コーラーの一声であっという間にスクエアセットが出来た。

「では次のコールの説明をします」

フェイス ユア パートナー、パートナー同士で向き合います、ドサドー、これは向かい合った二人が右肩すれ違いで通り過ぎて、右横にずれ、左肩すれ違いで後ろ向きに元の位置に戻ってきます。では一組さんと三組さん、ヘッズと言います、ライト アンド レフト スルー、向かい合ったカップルが右手を取り合って通り過ぎ、パートナーと左手同士取り合って男性は女性の背中下を右手で優しく押すようにしてカップルで半回転します。背中を触られると感じちゃう女性は、右手を背中に回してください。男性はその手を右手で押すようにして半回転します。これをカーテシー ターンと言います。カップル同士で向かい合って終わります。次は二組と四組、サイズと言います……。

「では実際に踊ってみましょう。フェイス ユア パートナー、パートナーと向き合います、ドサドー、フェイス ユア コーナー、コーナーさんと向き合います、ドサドー、ヘッズ ライト アンド レフト スルー、サイズ、ライト アンド レフト スルー、みんなで手をつないでサークル レフト、左へ歩きます、アレマン レフト、コーナーさんと左手半回転、グランド ライト アンド レフト、パートナーから右手左手、右手左手と通り過ぎて最初のパートナーが目の前に来ます。そのパートナーとスイング、プラマネード、ゲット バック ホーム、お家へ帰ります。それでは、音楽をかけて踊ってみましょう」

内容をアレンジしたコールを何回か行い、復習も兼ねて踊った。

体験コーナーはこれで終了した。見学会はまだ続くということだったが、氷谷は先に失礼した。

来週同じ時間に初心者講習会が始まる。どうしよう。

帰りの電車の中で、氷谷はなんだか興奮している自分に気が付いた。うきうきした気分だ。こんな経験は初めてだ。いや、以前にあったかもしれない、確か学生時代に。そんな遠い記憶があったような気がした。封印していた記憶だ。なぜ封印されているのだろう。


会社での氷谷の開発テーマは、ある血中因子の測定系の開発だ。そのためには必要な材料を用意しなければならない。その血中因子の純品を入手し、ウサギに免疫して抗体を作製する。抗体があれば測定キットを作ることができるので、抗体は財産でもある。それで村上課長は抗体を作るためにウサギの飼育を外注している。その外注先でウサギに免疫するために、氷谷は課長と共に既に何度か出かけていた。氷谷はウサギの免疫は初めての経験だった。

測定対象物である血中因子を生理食塩水に溶かし、油成分と混合してホイップのようなエマルジョンにして、背中の毛を刈ってあらわになったウサギの背の何か所かに皮下注射するのだ。そして抗体価が上昇しているかどうかチェックするために、耳の静脈から採血する。氷谷がウサギの耳から採血しようとした時、ウサギが暴れて氷谷の手のひらに噛みついた。「うわっ」と声を上げ立ち上がると、噛みついたウサギがそのままだらりと氷谷の手のひらからぶら下がっていた。引きつった顔の無言の視線を感じた。なんとかウサギを振り払ったが、手のひらにはウサギの歯の跡がくっきりと残っていた。見た目ほどには痛くなかったが、消毒をしっかりするように村上課長に言われた。あまり聞いたことがないぞ。ウサギに噛まれた男。ウサギは必死だ。氷谷も必死だった。

三月に入り、ウサギの抗体価が上がっているので、外注先に全採血を依頼した。ウサギの血液は血球と凝固成分を除いた血清になって送られてきた。氷谷は、開発する血中因子を免疫したウサギ血清から抗体を含むIgG蛋白を精製し、さらに血中因子に反応するIgG蛋白のみ、つまり特異抗体を精製した。

氷谷は図書室に行った。ここは専門雑誌や専門書が比較的よく集められており、ちょっとした調べものには重宝だ。血中因子の測定は酵素免疫サンドイッチ法が想定されていたので、その文献をいくつか集めた。ここに無い雑誌は学術サービス会社にコピー依頼することができる。

土曜日の午後、スクエアダンスの初心者講習会に参加するため、氷谷はアパートを出た。電車を乗り継ぎ地下鉄の最寄りの駅で降りる。そしてエスカレーターで地上に出た。少し時間があったので駅前のファミリーレストランで軽く夕食をとり、日の丸会館へと急いだ。

正面玄関から入り階段を下りると、途中の踊り場に受付がある。先週とは違う女性が座っていた。今日やってみて続けたいと思ったら、お金は次回でもいいですよと言われたが、氷谷は直ぐにお金を払った。初心者講習会参加申込書に必要事項を記入し、テキストと講習者用名札を受け取る。地下に続く階段の奥からは軽快な音楽と共に、ざわざわとした話し声も聞こえてきて、ふわふわのカラフルなスカートをはいた女性たちがうごめいているのが上から見えた。その光景が嬉しかった。なぜだろう。

「ただいま！」と心の中で叫びたい気持ちだった。ここへ来るのはまだ二回目なのに、懐かしい気がしてならなかった。昔ダンスを踊った記憶が蘇ってきた。長いこと封印してきた箱の蓋が開いてしまったような気がした。

「うわあ、来てくれたんだ。嬉しい」

新人担当ですという多々野育子《たたのいくこ》さんが歓迎してくれた。

「社交ダンスじゃないけど、いいの？」

受付の人から聞いたらしい。まいった。

「もう、勘弁してください」

笑顔の多々野さんを見て、思わず氷谷の口から出た言葉だった。

ロビーからホールに入り、壁際に並んでいる椅子に腰かけた。しばらく待っていると、あの黒ぶち眼鏡の女性が入って来た。目が合ったからなのか氷谷の隣に座った。スクエアダンスはどこで知ったのか聞いてみた。

「新聞で見たんです」

新聞は違っていたが、読者投稿欄の会員募集というのを見たというところは一緒だった。そこに多々野さんがやって来た。

「二人とも新聞を見て来てくれたのよね。最高に嬉しいわ。新聞に載せてもらうために、私がハガキに綺麗に目立つように書いたのよ。毛筆でね」

新聞に載せてもらうのにも工夫が必要なようだ。毎年ともなると、確かにそうなのだろう。申込書には講習会に誘ってくれた紹介者を記入する欄があって、氷谷はそこに新聞名を書いたのでそんな話をしてくれたのだろう。

時間が来たようだ。扉が閉じられ、ステージ上で前回と同じ男性がマイクで挨拶を始めた。

「どうもー。会長の佐田亘でございます。丸の内スクエアダンスクラブへようこそ。私たちは毎週土曜日の夜にここでスクエアダンスを踊って楽しんでおります。きょうから新しい人を迎えて初心者講習会を始めますが、多くの仲間が参加してくれる会にしたいと思っております。では、今日が初めての人もいらっしゃいますので、講習生は見ていてください。まずは会員の方から始めます」

軽快なダンス音楽が流れ、コールが始まった。毎回違う曲で踊っているようだ。それも気分が違っていいと思った。普通のコールの後に、歌いながらコールするというスタイルのものがあった。氷谷にはコールなのか歌詞の一部なのかよく分からない。そもそも英語なので、コールも歌詞も細かいところまでは聴き取れない。そういうの、もやもやする。

「次は講習です。会員の方は新人を誘ってスクエアセットを作ってください」

会長がマイクを置いた。ステージに上がってきた別の男性がマイクを握った。

「講習を担当させていただきます、根岸大《ねぎしまさる》です。よろしくお願いします。一つ注意があります。教えるのはコーラーの役目です。ダンサーが勝手に新人に教えるのはやめてください。分からないことはコーラーに質問するようにしてください」

講習は前回の見学会の内容の復習と、追加の内容が加えられた。コールの説明で動いてみて、それから音楽をかけて踊るというやり方だった。

根岸コーラーが講習の方針を説明した。今回やったことは次回必ず復習として行いますので、一回休んでも次回の復習の時に覚えられます。テキストがありますので必ず復習してください。予習はしなくていいです。テキストは大きな絵が入った薄い冊子だった。

講習の間に会員だけのダンスタイムもある。見ていると、間違えて壊れるセットもあった。会員といえども、完全に踊れるわけではないのだと思った。一人分からない人がいると、セットが壊れて迷惑をかけることになる。自分は大丈夫だろうか。やばいぞ、これは。でも笑っていた。

例会の前半が終わり、ミーティングの時間になった。ホール側面からパイプ椅子を運び出し、ステージを北とすると東と西に分かれて向かい合うように椅子が並べられた。西側ステージに近い前列にクラブの役員その他重鎮と思しき人たちが並んで座った。氷谷はトイレに行って帰ってくると、一か所しか空いてなく、しかもそこは会員のお姉さんたちに挟まれる位置だった。椅子の間隔が狭いため、椅子に座った氷谷の膝の上には両隣のお姉さんたちのふさふさのふっくらスカートが乗っかり、氷谷の膝を覆い隠してしまった。スカートの上に手を置くわけにもいかず、どこに手を置けばいいのか分からない。変な気分だ。

ミーティングは各種委員会からの報告から始まった。レクリエーション委員会とかコスチューム委員会とかがあった。その後、協会役員からのお知らせがあり、会長の挨拶で終了した。ミーティングが終わると各自椅子を元の位置に戻し、スナックタイムとなった。

皆はぞろぞろとホールからロビーに移動した。そこでは、テーブルの上には菓子の乗った紙皿、紙コップにはお茶かコーヒーが入っていた。佐田会長の奥さんたちが準備していたようだ。そして歓談の時間となった。ダンスよりもお喋りが目的で来ている人もいるように感じた。

新人担当の多々野さんが新人に話しかけていた。氷谷はお茶の紙コップを持ち、お菓子を食べながら周りを見ていた。新人にしても会員にしても、年上の人が多かったので氷谷としては声をかけづらい感じだった。すると、会員の男性が氷谷に近づいてきた。

「社交ダンスをやりたかったの？」

男はにやついた顔で聞いてきた。気分が悪い。

「ええ、まあ」

氷谷は曖昧に答えた。勘違いして入ってきた奴がいるという噂が広がっているらしい。

「好きな人がいるんじゃないの」

隠しても分かるよ、男の顔にそう書いてあった。

「そういうことでは……」

否定はしないが話したくなかったので、相手にしないことにした。

新人の男性が立っていた。名札には若山豪《わかやまごう》と書かれている。近くに移動して氷谷から話しかけた。参加するきっかけは奥さんが会員で、奥さんに誘われたから。それで初心者講習会に参加したそうだ。

「分からないところは教えてもらえるので、いいですね」

軽い気持ちで聞いてみただけだった。

「まさか、教えてなんかもらいませんよ。自分で踊れるようになりますから」

若山という男は何を意地張っているのか、奥さんと単に仲が悪いのか、氷谷には分からなかった。夫婦で同じクラブに入っているのだから、普通は仲がいい夫婦と思いそうなものだが。ということは夫婦って面倒くさいのかもしれない。

後半の例会が始まった。講習と復習、そして会員向けのダンスタイム。講習で踊りの輪の中に入ってみて、女性の手には温かい人と冷たい人がいると感じていた。そんなことを考えていたら、手がほとんど熱いくらいの女性がいた。こういう人を誘いたいと思った。寒い季節なので人気があると思う、その女性の手が。手は言葉よりも雄弁に語る、ということかもしれない。女性の新たな魅力だと思った。そんなことを考えながら講習の復習で踊っていたら、今言われたコールが何だったのか分からなくなった。動きが止まる。周りからあっち、あっちと指示される。違うことを考えていたでしょう、と言われた。ベテランにはかなわない。


週初めの出勤は気が重い。午前十一時頃になり、氷谷は研究所内にある図書室に行った。扉を開けると、突然目に飛び込んできたのは、テーブルに向かって座る津根奈の姿だった。氷谷の動きが一瞬止まった。氷谷に気が付いたのか、津根奈が顔を上げ微笑んだ。彼女の周りが輝いて見えた。そのテーブルには雑誌が何冊か置かれていた。

「あれ、今日は研究所ですか。珍しいですね」

津根奈に近づくと、氷谷は声をかけた。

「あ、おはようございます。ちょっと調べたいことがあったので」

津根奈は、はにかんだような笑顔を見せた。

「何か困ったことでもあったんですか」

氷谷は向かいの席に座った。

「部署内ローテーションというのかな。広報は外部に説明する部署でもあるし」

氷谷は広報の仕事をよく知らなかった。一般的には広報に必要なのは検査項目の知識もさることながら、事業内容なのではないのか。プレス発表とかもあるだろうし。

「ひょっとして出世したってこと？」

氷谷は少しおどけてみた。三年目ともなれば、頭角を現す人もいる。

「違いますよ。そんなわけないでしょ」

「またまた、本当は出世したんでしょ」

「だから、違うって言ってるでしょ。もう、ぽんぽんしい」

津根奈は口を尖らせた。

「ごめんなさい、冗談だよ。研究所に来てまで調べものをするなんて、仕事熱心なんだね」

「私も本当は研究職に就きたかったんだ」

津根奈はしんみりと話し始めた。大学は薬学部出身なので、研究室の仕事が希望だったという。

氷谷には意外だった。テレビなどで会社の紹介という時、広報の女性が出てきて対応しているのわなきゃ分からないってことか。

だから津根奈にはそういう仕事が似合っていると思っていた。人を外見で判断してはダメだ。言をよく見かけた気がする。大抵は綺麗な人だ。テレビの女性アナウンサーも綺麗な人ばかりだ。

津根奈は検査項目と測定法について、基礎的なことをもう少し科学的に知りたいらしい。

氷谷は検査項目について詳しいわけでは無いが、一般的なことは言える。同じ項目でも、測定方法には短所長所があり、同じ測定方法でも検査キットのメーカーが違えばそこにも違いが生ずるだろう。そういう違いを念頭に置き、ある検査項目について、だからこの研究所で使用しているキットは○○のメーカーのものです、ということが言えるのならそれは知っておいた方がいいかもしれない。氷谷も調べなければ分からない。でも、キットの比較は専門雑誌に載っているものもあるし、ちょっと探してみた。そして、いくつか雑誌を並べてみた。ここが入り口だ。

「こんな感じでどう。全部読む必要はないから、自分にあったところだけ選んでみたら」

氷谷は津根奈の役に立ちたいと思った。

「ありがとう。でも、どうして私に優しくしてくれるの」

津根奈が大きな瞳で見つめてきた。大きな瞳が、赤い唇が。頭の中を妄想が支配する。氷谷はくらくらっとなりそうになった。あぶないい危ない。

お昼を一緒に食べないか誘ったが、今日は先約があるので、ごめんなさいと言われた。

しょうがないと思い図書室を出て事務室に入ったが、図書室に論文コピーの依頼に行ったことを思い出した。直ぐに図書室に戻るのはバツが悪いので、コーヒーを買いに行きメールの確認をすることにした。そうだ、本当は社交ダンスのことを聞きたかったんだ。どこで踊っているのだろう。

土曜日の夕方は地下鉄に乗り、ダンスの初心者講習会に行くのが氷谷には当たり前みたいになってきた。改札を出てエスカレーターで地上に出る。駅前のファミリーレストランに入ると、丸の内スクエアダンスクラブのお姉さんたちが店内の一角に座っているのが見えた。お姉さんたちも気が付いたようだ。

「こっちにいらっしゃい」

手を振って誘ってくれたので、近くまで行ってみる。「ここに座りなさい」と席を勧められたので、座らせてもらった。ワンワン！

「来てくれるだけで嬉しいわ。ねえ、若いし、リアル男性だし」

お姉さんたちがどっと笑った。

「そうですか、女性は女性だけで踊っていても楽しそうですね」

氷谷はスクエアダンスを見て思ったことを言った。

「確かに、女性だけでも楽しいわねえ。そもそも男性が少ないからそうなるんだけど」

「そういえば、ちょっと悪ふざけみたいな感じで、男性ばかり八人でスクエアセットを作ってやろうとしてたことがあったのよ。気持ち悪いからやめなさいって言ってやったわ」

女性たちがまたどっと笑った。

「これでも、丸のスケは男性の数は多い方なのよ。例えば……」

「マルノスケって何ですか」

氷谷は話を遮って質問した。

「丸のスケって、丸の内スクエアダンスクラブの愛称なの。スクエアがスケアになり、略してスケ、丸の内スケじゃ言いにくいから、丸のスケ。他のクラブからもそう呼ばれているのよ。あ、そろそろ行かなきゃ」

お姉さんたちは準備があるので早めに行くと言ってどやどやと席を立った。まだゆっくりしてってという言葉を残して、トレーを持って返却口の方へ向かった。お姉さんたちというよりは、お母さんたちと言ってもいいかもしれない。ママ……。嘘つけ、おまえは母ちゃんだろうが。

人の居なくなった空間が目の前に広がっていた。お姉さんたちの居たあの賑やかさは既に過去の出来事なのだ。何もしなければ、時はあっという間に過ぎていく。何もしなければ、過ぎていく。いったい何をすればいいのだろう。人生いつも迷ってばかりいる。

日の丸会館の正面玄関から入り、階段を下りた。途中の踊り場の受付は無くなり、地階の受付だけになっている。ロビーに新人担当の多々野さんが居たので、挨拶した。

ホールに入ると、講習担当の根岸コーラーがマイクを持って「テスト、テスト」と声を出し、音量調節をしていた。そして、時間が来ると全員でスクエアセットを作るようにと言われた。

この日も前回の講習の復習から始まり、会員のダンスタイムをはさんで講習が進められた。講習以外の時間は、根岸コーラーとは別の男性がコールしていた。会長の佐田さん以外にも、他にコーラーは何人もいるようだ。

例会前半のダンスとミーティングが終わりスナックタイム、休憩時間になった。ロビーの隅の長椅子付近に立っていると、新人さんらが何やら話しているのが聞こえてきた。

「ねえ、こんなのが面白いの？」

新人の友達に誘われて参加したらしい新人の女性は、不満そうな顔をしていた。

「面白いじゃない。どうしたのよ」

「あおせい、こうせい言われて、その通りに動くなんて、面白くない、私は嫌なの。だって、馬鹿みたいじゃない」

「そんなことないわよ。私は面白いと思うけど」

その誘った側の新人さんの顔を見ると、お手上げという表情だった。

「私は自由に動くのが好きなの。私はもうやらないからね」

スナックタイムが終わり、例会の後半に入るところで、誘われた側の一人が帰るという。新人担当の多々野さんが後を追いかけて、気が変わったらまた来てねと呼びかけていた。


また土曜日が来て、氷谷はスクエアダンスの初心者講習会に出かけた。毎週日の丸会館で講習を受けるということは、毎週新しいことを学んでいることになる。仕事以外で自分が進歩しているようで、心地よい気分だった。社会人になってから、これは忘れていた感覚だった。

今日の講習で氷谷が誘った会員の女性は、スクエアセットを作った後パートナーの氷谷ではなく、コーナーの人つまり男性役の女性とずっと話をしていた。ダンスの最中も終わった後の挨拶の時も氷谷の顔を見ることもなく、ブレイクになった。別にお前となんか踊りたくないわ、と氷谷は思った。せっかく踊ったのに嫌な気分になるなんて、最悪だ。へたくそな新人には興味が無いということか。それならこっちだって無愛想な女に興味はない。

スナックタイムの休憩時間に、多々野さんにあの人は誰か聞いてみた。安田という名前のベテランだと教えてくれた。多々野さんがクラブに入った時には既にいたという。

「あの人、感じ悪いんですよね。楽しくないし」

それを聞いて、多々野さんが困ったような顔をした。

「ベテランというか踊れる人の中には、初心者と踊ることに興味が無いという人がいるのは事実ね。まあ、人それぞれだから、とやかく言ってもしょうがないけど」

そうだ、と言って多々野さんがある人を教えてくれた。

「長老と呼ばれている人がいて、スクエアダンスの世界のことに詳しいの。聞きたいことがあったら、今度聞いてごらん」

氷谷はその人を見た。ネクタイにスーツという紳士然とした恰好で、踊りには入ってきていなかった。かなり高齢らしい。会社で言えば顧問というところか。

氷谷に男性会員が近づいてきた。

「ひょっとして、どこの大学出身？」

氷谷は、え、と思ったが、素直に○○大学と答えた。

「え、なんだ、しょうもない」

自分の出身大学は言わず、氷谷には聞いておいて、○○大学には興味が無かったようだ。

荒井という名札のその男性は、他の新人の男性にも出身大学とか肩書きを聞いて回っていた。

多々野さんが心配そうに見ていたので、荒井という人のことを話した。

「あの人も感じ悪いんですけど」

「あの人はもうリタイアしてるんだし、昔のことを持ち出してもダンスには関係ないのにねえ。

男性って、どうしていつまでも肩書きが好きなんだろう。サル山のサルみたい」

多々野さんは理解できないという顔をして氷谷を見た。

「いわゆる一般大衆とは違うと言いたいんじゃないですかね」

氷谷は鎌を掛けてみることにした。

「大手企業の取締役でもやってたんですかねえ。まさか、ただの部長クラス止まりじゃあ？」

荒井をちらっと見ると、こそこそと氷谷から遠ざかった。こういう時、氷谷は大手製薬会社元社員という「肩書き」が自信になっていた。口に出しては洒落にならない代物だが。


氷谷は血中因子の測定系を作るのに必要なものがそろったので、さっそく実験にとりかかった。九十六穴プレートを使用する。光学測定用なので歪みのない専用のプレートだ。これは小さな絵ハガキ一枚くらいの大きさの透明プラスチック製で、横十二列縦八段の円筒形の穴がある。そこに専用の緩衝液で希釈したウサギで作製した抗血中因子抗体を一定量分注する。プレートに蓋をして一晩4℃で静置する。そうすることで、抗体がプレートに付着する。これを固相化されると言う。洗浄機で洗浄し、そこにサンプルと反応液を加え、25℃に設定した恒温槽内で反応させる。反応時間による変化を調べる。反応後、洗浄して酵素標識したウサギの抗血中因子抗体を反応させる。これも反応時間による変化を調べる。そして、洗浄後、酵素反応を起こさせ、反応停止液を加えて、これも酵素反応時間による色の変化を調べるが、プレート測定機で各穴の発色の濃さを測定する。低値から高値まで濃度の異なる標準サンプルを数点同じプレートで測定し、それで標準曲線を描く。それを基準にして、未知のサンプル中の血中因子の濃度を決めるのだ。安定した測定値が得られる条件を調べる。反応は三段階ある。一つの反応条件を調べる時には他の反応条件を一定にする。条件を欲張ってたくさん組み合わせると、時間に追われて訳が分からなくなる。昼食の時間を取る暇もなくなる。これではダメだ。まともな計画を作らなくては。

氷谷は研究室を出ると社員レストランで昼食を済ませた。コーヒーをひとりで飲んでいる森川さんを見かけた。ぼんやりとしている。氷谷はお茶を持って、森川さんの向かいの席に座った。

「今日は元気ないですね」

「そんな酷い顔してる？」

森川さんはあわてて鏡を取り出して確認している。

「いや、そうじゃなくて、なんか悩んでいるように見えただけなんですけど」

氷谷は森川さんの様子を見て言い直した。

「あーあ、もう。聞いてくれる？　社交ダンスのパートナーが急に辞めちゃったのよ。もう随分と一緒に踊ってきた仲だったのに」

氷谷は社交ダンスのことはよく知らない。

「何かあったんですか」

「ちょっとけんかしちゃったのよ。ダンスの動きが変でしょって。そしたらもう無理だって」

「社交ダンスって、特定の人と踊るんですか」

「パートナーを決めて参加するのが普通だと思うけど。そうしないと、誰と踊るのよ」

氷谷は知らなかった。ひょっとして、津根奈は特定の男性に抱かれて踊っているのだろうか。どこで踊っているのだろう。急に気になりだした。

「それで、森川さんはどうするんですか」

「もー、新しいパートナーを探すしかないじゃない」

「そうゆうのって大変ですよね。やっぱり夫婦で踊るのが安心じゃないですか」

「だから、うちの人はダンスはやらないの。前にも言ったでしょ」

結婚って、そんなものなのか。氷谷にはよく分からなかった。夫婦で踊れれば都合もいいし楽しいだろうに。プロのダンス教室の先生って夫婦の場合が多いような気がするのだが。なぜそこまで拒否するんだろう。それで結婚した意味があるんだろうか。

「まるで失恋したみたいじゃないですか」

「いやだ、ほんと失恋だわ。悔しい。恋人でもないくせに、なんで悲しいんだろう」

社交ダンスというのは、やっぱり精神的な信頼関係が大切なんだろう。

「ダンスのパートナーって、そういう気持ちになるものなんですか」

「だって、嫌いな人とは踊れないでしょ」

確かにそうだ、と氷谷は安田さんを思い出していた。一対一でなくても、まして一対一なら、しかも密着して踊るなんて、そんなの絶対に御免だ。好きでなければできない。それって、夫婦のはずだと思っていた。巷で言われていることが真実なんだろうか。恋愛は花で結婚は人生の墓場。でも恋愛は途中駅でしかないはずだが。永遠の恋愛なんてあるのだろうか。いつまで待たせるのよ、というセリフはドラマでもよく聞く気がする。それって人生の墓場に直行したいってわけ？　まだ棺桶に足を突っ込みたくない。津根奈は待っているのだろうか？　まさか。そんな。今日は眠れそうにない。


土曜日の夕方、いつものように氷谷はダンスの初心者講習会に出かけた。全十二回の講習がまだ半分も済んでいない。日の丸会館のホールに入り、壁際の椅子に座って待っていた。いつもだと黒木さんはもう来ている頃なのだが。何気なく隣を見ると、そこには黒木さんが既に座っていた。

「あっ、黒木さんだ。どうしたんですか」

「どうもしませんよ」

直ぐに打ち消す顔が少し赤らんでいる。黒木さんははにかむように氷谷を見た。

「だって、眼鏡かけてないじゃないですか。コンタクトレンズですか」

黒木さんの見た目のイメージが大きく変わったことに、氷谷はつい興奮して言わなくてもいいことを言ってしまった。

「ごめんなさい。でも、コンタクトレンズの方が顔の表情が明るくなり、似合ってますよ」

氷谷はあわてて言い直した。口には出さなかったが、パッチリした大きな目をしている。気が付かなかったが、見た目が可愛い人なのだ。眼鏡は人の雰囲気を変える。

周りからも人が集まってきて、黒木さんの変身ぶりに驚いて、可愛いと言っていた。

女性は男性の視線を感じると、外見が気になるらしい。そう聞いたことがある。女性は化粧をすることで、非日常の自分に変身する。黒木さんも非日常の自分に変身したいと思っていたのだろうか。何だか自分に自信が無いようなことを言っていたが。まるでみにくいアヒルの子だ。それが白鳥になっちゃった。白鳥の湖第一幕はジークフリート王子とオデットの出会いのシーンだ。王子はオデットに惹かれていく。

氷谷には苦手な女性がいた。ベテランの安田さんだ。近くに立っていたので誘われる可能性があると思い、氷谷は手を洗いにホールから扉の外に出た。ホールに戻ってみると、安田さんの姿は見えず、ダンサーはスクエアセットを作っている最中だった。氷谷もあわてて近くに居た女性を誘い、四カップルがそろっていないセットに入ろうとした。しかし、違う方向から来たカップルに先に入られてしまった。他に空いているセットはないか探すと、斜め前方に空いたセットがあり、氷谷のカップルは走ってそのセットに入ろうとした。そこもわずかの差で、反対側から来たカップルに入られてしまった。今回は踊れないと思って壁際に移動しようとしていると、「ワン モア カップル」の掛け声がした。その方向を見ると、一組の位置が空いているセットがあった。手をつないだまま二人でそこに走って入った。これで踊れる、やれやれと思って氷谷は自分の向かい側を見た。三組の位置に安田さんが立っていた。ニヤニヤしながら氷谷を見ている。氷谷はぞっとして、声が喉のところまで迫り上がってきた。はずれかよ、まったく。コールが始まっても気が散って、動きを間違えてしまった。ダンスには感情が大切だと学んだ。いや、知っている。知っているぞ、くそー。実感だ。

ミーティングで、新人向けのお知らせがあった。来週、新人は通常の講習を例会の前半だけで行い、新人だけ例会を抜け出して、懇親会を兼ねて同期会を開きなさいというのだ。場所は駅前の居酒屋に予約するので、出席希望者は名前を書いてくださいという。同期で入会した人たちはお互いに頼りになるので、つながりを大切にしなさいという先輩会員たちからの親心だろう。随分と親切なクラブだ。他のクラブでも同期会作りをやっているのだろうか。

次の土曜日の夕方、氷谷は何回目かの初心者講習会に参加するため日の丸会館に入った。階段を下り、地階のロビーのテーブルのところで氷谷は呼び止められた。

「氷谷さんはこの丸のスケに入って良かったわねえ」

佐田会長の奥さんの夢子《ゆめこ》さんだ。クラブの活動拠点を示す地図を見せてくれた。東京には四十近いクラブがあるという。その中でも丸のスケはリーダー的存在で、いろいろと行事も充実しているしいろんな人がいて、医者もいるし学校の先生もいるし八百屋さんもいるから、人のつながりもバラエティーに富んでいて、小さなクラブよりも楽しいわよということだった。夢子さんは優しい人だ。夫婦で協力してクラブの運営をしている。恋人同士ではできない。やっぱり夫婦という絆が大切なのかもしれない。経験しなければ分からないことだが。少なくとも夫婦全員が人生の墓場状態というわけではないだろう。夢は大切だ。

氷谷は丸のスケ以外にクラブがあるなんて知らなかった。自分にとって都合のいい場所のクラブに魅力を感じるが、人間関係の方がより大切なのかもしれない。

前半の例会が終わり、会員たちはミーティングの準備をし、新人たちはホールの扉からロビーへ出た。懇親会へ行く準備を済ませると、皆が集まって幹事役の女性の後について、日の丸会館を後にした。

居酒屋に入る。靴を脱ぎ、二階の小さな畳敷きの部屋に通された。部屋の真ん中には大きなテーブルがある。その周りに座ると、ぎゅうぎゅう詰めになった。グラスと瓶のビール、おしぼりや箸が配られ、そこに料理が運ばれてきた。幹事役の女性が進行役を務めた。

「幹事役の大屋裕子《おおやゆうこ》です。皆さん、お疲れ様。スクエアダンスの初心者講習会に参加し、偶然皆さんと出会うことになりました。スクエアダンスを続けることになれば、長いお付き合いとなります。嫌じゃないですよね。はっはっは。これからもよろしくお願いします。それでは、乾杯！」

まずはビールで喉を潤し、箸で料理をつついて雑談が始まった。氷谷の隣は若山だった。奥さんが丸のスケの会員という人だ。

「スクエアダンスに奥さんから誘われていたんですか」

氷谷は聞いてみた。

「前々から誘われていて、そのうちにと言って逃げていたんだけど、逃げきれなくてね」

「そうですか、そういうことって、よくありますよね」

「本当はね、土曜日の夜に家でぽつんと一人で待つっていうのは、嫌なもんなんだよ」

若山を見て、しみじみと実感が伝わってくる、と氷谷は思った。若山の奥さんは、見学会に参加した時に最初に氷谷を誘ってくれた女性だ。それでよく覚えている。明るくて快活な人だ。毎週決まって夜に外出されるなんて、やっぱり寂しい気がするというか、自分が置いてきぼりにされている感じだ。家の中でやりたいことがあれば別だが、普通は無い。ゲームにのめり込む人は居るのだろうが、どこまでやっても心を満たすことは無さそうな気がする。

雑談の最中に大屋さんの声が聞こえてきた。

「では、そろそろ自己紹介に移りたいと思います。まずは私から。大屋裕子です。保険会社の社員です。会員の女性に以前から誘われていたのですが、夫が嫌がるので諦めていました。でも、私が悲しそうな顔をしていたら夫からお許しが出ました。ジャーン！　それで参加することができました。もちろん夫も誘ったんですよ。嫌だ！　の一言でした」

笑い声と共に、旦那さんに拍手！　と誰かが言うと、拍手が起こった。

「では、次はどちらから行きますか。時計回り？　サークル　レフトの方向ですね。ではお願いします」

「奥山京子《おくやまきょうこ》です。昨年夫を亡くしまして、子供は独立しているので、私は家でぽつんと独りで過ごしていたんですが、このままではダメだと思ったんです。それで区役所の会報に会員募集の知らせを見つけて参加しました。今では凄く楽しいです」

すばらしい！　と声がかかった。

「では、次の方」

「高瀬奈々《たかせなな》です。すいません、スカートは無理なんで男性役専門で参加してます。男性よりも女性の方が好きです。うそー。ハハ。身長は百七十三センチです」

ほー、という声が漏れた。ハイヒール履いたら百八十センチだもんなあ、という嘆きともつかぬ声が聞こえた。高瀬さんはショートヘアで、いつもジーパンをはいている。宝塚みたいだ。

圧倒的に女性が多いクラブなので、男性役の女性はウェルカムなのだろう。事実、男性のような外見の女性は居る。逆に、女装趣味の男性は居場所が無いと思う。少なくとも丸のスケに女装男子は居ない。いや、たすきを掛ければウェルカムか。女装男子はスクエアダンスを知らないのだ。募集しなくちゃ。女装男子募集中！

テレビで女性の恰好をした男性をよく見かけるのは、テレビ業界に喋りの達者な女性が不足しているからなのだろうか。そんな風には思えないのだが。今日も眠れそうにない。

「本山聡子《もとやまさとこ》です。実は出戻りなんです。十年前まで丸のスケで踊ってました。だから昔の同期がまだ残っています。アドバンスまでやったんですが、とても難しく、挫折して辞めました。十年踊ってないと、すっかり忘れています。新人ということでよろしくお願いします」

どうりで上手だと思った。自分ももっと早くからやっておけば良かった、羨ましいという視線が本山さんに注がれた。

「麻木正孝《あさぎまさたか》です。妻が丸のスケの会員で、毎週例会に車で送り迎えしていたんですが、なんだか楽しそうなので自分も参加することになりました」

優しいなあ、という声が漏れてきた。

「中山朱美《なかやまあけみ》です。友達と一緒に何かしようと相談して、スクエアダンスを見つけました。不器用なので下手ですが、よろしくお願いします。あ、せっかく誘ったのに途中で辞めちゃった子がいました。すみませんでした」

ドンマイ、ドンマイ。頑張って続けてください、という声が飛んだ。

「白坂真理《しらさかまり》です。中山さんの友達です。中山さんがスクエアダンスを見つけてくれたおかげで、日の丸会館に来るのが毎週の楽しみになりました。よろしくお願いします」

いいわねえ、お友達同士で。そんな場の雰囲気を感じた。

女性は女性の友達を誘ってダンスを踊るということは普通かもしれないが、男性が男性を誘ってダンスに行くなどということはあり得ない。女性は女性と踊って楽しいが、男性は男性と踊っても楽しくない。氷谷はそう思った。丸のスケの会員は女性が多く、ベテラン女性が男性役をして踊っている。女性の本質は平和を楽しむことだ。男性の本分は平和を見守ることだ。平和が乱されれば、戦が男性の役目になるのだろう。武士の誕生だ。日本の歴史か。これは今の世の中では男女平等に反するのだろうか。ああ、面倒くさい。フツーに楽しめばいいだけなのに。

「黒木ふたみです。私は何でも奥手なので自信がなく、踊れるようになれるか心配ですが、スクエアダンスは続けたいと思います。よろしくお願いします」

拍手が沸き起こった。黒木さん、すごく変身したよー、と声がかかった。そうなのか、と氷谷は思う。人生いろいろだな。津根奈の後ろ姿を追いかけてきたつもりが、全然違うダンスの講習を受けている。自分はなんて間抜けなんだろうと思った。中途半端も甚だしい。そんなことを話すつもりはもちろん無いのだが。なんだか恥ずかしくなってきて早くここから抜け出したくなった。

朝礼が終わり、氷谷は研究室に向かった。入り口で白衣を着る。汚れたらクリーニングボックスに入れておけば、クリーニング後に事務室に届けられる。

血中因子の測定条件が決まったので、測定性能評価試験を行った。冷蔵室より昨日抗体を固相化しておいた九十六穴プレートを取り出す。続いてサンプルである血漿を取り出し、準備する。血漿は抗凝固剤を加えて採血した血液の液体部分だ。プレートを洗浄してサンプルと緩衝液を分注し、恒温槽内で反応させた。洗浄後に酵素標識抗体を反応させる。そして酵素反応を起こさせ、反応停止液である硫酸を分注し、撹拌後にプレート測定機で九十六穴の発色の濃さを測定し数値を得る。標準物質の濃度と色の濃さから標準曲線を描き、サンプル中の血中因子の濃度を求めた。

測定法の評価は、同じサンプルを同時に測定したら同じ測定値が得られるかどうか、測定する日が違っても同じ測定値が得られるかどうか、サンプルの濃度を倍々に希釈していくと、測定値が二分の一、四分の一になるかどうか、そしてサンプルに標準物質を一定量加えた時、測定値が標準物質を加えた量だけ増えているかどうか、などで判断する。干渉物質の影響も調べる必要がある。当たり前だが結構シビアだ。結果に問題があれば、測定系としては失格だ。

氷谷の研究三課では毎月、月度報告会を行っている。一か月の間に何を検討しどういう結果が出たかを報告する。事務室が大部屋なので毎回研究室で行われる。報告書は二、三枚にまとめてコピーして配る。村上課長が進行役を行っている。

「月度報告会を行います。では、森川さん」

森川さんは輸入キット三種類の評価を行っていた。輸入キットは高価なのでたっぷり使用することができない。いかに効果的に検討するかが重要だ。

「データを表に示しました。測定再現性は良好で、希釈直線性も確認できました」

「数値データもいいね。干渉物質の干渉作用はほぼ問題ないレベルだな。じゃあ、検討報告書を仕上げてください」

村上課長も満足そうだった。次は氷谷が指名された。

「血中因子の測定系について、反応時間に対する変化はグラフに示す通りです。それで、反応条件を表に示すように決めました」

村上課長はグラフを確認していく。ふむふむ。

「測定法の評価については、表とグラフに示した通りです。測定再現性は良好でしたが、希釈試験では直線からズレがあり、添加回収試験も少し低めでした」

氷谷は結果が思わしくないことを説明した。

「だいたい、希釈直線性が無いのでは、実際には何を測定しているのか分からないじゃないですか」

高山が嬉しそうにコメントした。言われなくても分かっている。

「添加回収試験で回収率が低いのであれば、定量性が無いわけで、測定系としてはダメですね」

横野が高山に加担してはしゃいでいる。そんなことは分かっている。嫌な奴らだ。

データを見ていた村上課長が顔を上げた。

「そうは言っても何か対応策は無いのかな。サンプル反応液をちょっといじってみてくれる？　それと、サンプルの保存の影響も見ておいてよ」

村上課長にそう言われ、うなずくしかない。

「はい、分かりました」

「じゃあ、次は高山君」

「癌患者のリンパ球をマウスに免疫することによりその細胞表面に発現する抗原に反応し、健常者のリンパ球と反応しないモノクローナル抗体を開発しました。○大学病院から依頼のあった癌患者の血中リンパ球を分離して、放射性ヨウ素で標識したモノクローナル抗体を反応させ、ガンマカウンターで計測したところ、だいたい一部の患者で陽性になりました。癌の状況と何らかの関係があると思います」

高山はちょっと自信ありそうだった。

「癌患者に反応するのは良いが、これじゃあリンパ球に広く分布しているのか一部のリンパ球に限定されているのか分からないな。白血病患者ではないのだから、癌細胞ではないだろう。通常のリンパ球となれば、活性抗原ではないのか。ヘルパーT細胞かサプレッサーT細胞のどちらに発現しているのか、というところが注目されると思うが」

村上課長の突っ込みに高山の声は小さくなりがちだった。

「そうは言いましても、フローサイトメーターが無いので……」

村上課長はちょっと首をひねる仕草をした。

「そんなもの無くてもできるだろ。これはよく知られた活性抗原との区別はどうなの」

高山は自信たっぷりだった。

「いえ、だいたい活性抗原であるはずはありません」

「確認したの？　してない？　確認しなきゃダメだよ。研究三課で一番の古株なんだから、皆の見本にならなきゃいけないんじゃないの。今回のはいただけないな」

高山は不満そうな顔をした。

「じゃあ、次は横野君」

指名された横野が発表を始めた。氷谷はもやもやした気持ちで考え事をしていたので、横野の発表がほとんど耳に入らなかった。

月度報告会の後で、氷谷は図書室に入った。新刊の雑誌に目を通していたが、集中して理解しようとしているのに、頭に靄が掛かったようで文字を読んでいるのに文字が頭に届かない。気が付くと違うことを考えていた。頭の中に映し出されたのは津根奈が座っていたテーブルの席だった。あの日、津根奈はそこに座って微笑んでいたのだ。津根奈はどうしているのだろう、元気にしていると嬉しいのだが。ダンスのパートナーと仲良く踊っているのだろうか。どうしてだめなのだろう、津根奈と踊ればいいのに。どうしてスクエアダンスなんかやっているんだろう。何が面白いんだろう。津根奈はどうしているのだろう。氷谷の頭の中では同じところを羊がぐるぐると駆け回っている。睡魔が氷谷を襲った。

今日、日の丸会館ではいつもとはちょっと違う非日常が繰り広げられていた。コスチューム委員会より、コスチューム作りの説明があった。コスチュームは初心者講習会の卒業式に着てもらうのだという。クラブコスチュームで、赤の布は既に購入が済んでいる。女性でスカートを自分で作る人は、説明書通りにやれば作れるようになっている。布を四つ折りの正方形にして、端を丸く切り捨て、反対側の胴の入る部分を丸く切り取れば、真ん丸のフレアスカートになる。それに胴体部分を円筒形に作り、半袖を付ければ出来上がり。女性の男性役と男性は長袖シャツを作る。こちらの希望者は、今日採寸してもらい仕立てを注文する。氷谷はループタイなどの小物も購入した。女性のスカートを膨らますパニエは、赤い布地と専用のバッグと共にお渡しするとのこと。

氷谷はダンスタイム中にシャツの採寸をしてもらった。なんだか急にあわただしくなってきた。初心者講習会終了後、丸のスケに入会しない人はクラブコスチュームは必要ない。講習会終了後、入会して踊り込みをしなければパーティーで踊れるようにはならない。講習を受けたからには、丸のスケに入会するしかない。楽しいぞー。ちょっと強引かな。

実はカルチャー教室と勘違いして講習を受けに来る人がたまにいると聞いた。そういう人は初心者講習会が終われば、もうやる必要はないと思っているらしい。コスチュームが記念品として残される。高い買い物になる。計算高いお姉さんなら入会するしかないと思うはずだ。

今日の講習の復習で、シンギングコールがあった。これは、普通のコールとは違い、歌に合わせてコールするもので、歌の部分とコールの部分がある。長いカウントのコールの部分で、空いている時間を歌で埋めるのだ。スクエアダンスは即興のコールと、シンギングのコールの組み合わせが一つのチップとされる。一時間に五チップ行われるのが普通らしい。例会ではその日のスケジュールがホワイトボードに書き込まれている。適当にコールしているわけではなさそうだ。こういうところにクラブの差が出るのかもしれない。

「シンギング、私はよく分からない。コールだと思ったら歌だったり、あと、パートナーが一人ずつズレていくでしょ。女性は帰る場所が一つズレていくから、迷っちゃう」

奥山さんには大変かもしれない。かなり年配だ。氷谷も慣れないので大変だと感じた。

「例えばね、スイングと聞こえたら、パートナーと向かい合って回転するように動こうとするでしょ。ところがよく聴いてみると実はスイング スルーだったりして、えーっとなる」

大屋さんも難しいという顔をしている。

出戻りの本山さんは新人の中では一番上手な人だ。昔はスイスイ踊っていたのだから当たり前だが。その本山さんが言う。

「シンギングはリラックスのために踊るもので、同じ内容の繰り返しが四回あったでしょ。本来は難しいものは不適切なの。だから、さっきやったのは難しくない内容。まあ、慣れるしかないのだけど」

本山さんは忘れたと言ってたけど、すっかり思い出したという風だった。

スナックタイムの休憩時間に、長老が暇そうに座っていた。氷谷は近づいていった。

「あの、ちょっとお話を伺ってもいいですか」

「ああ、いいとも。どうしたんだね」

「スクエアダンスって、変わったダンスですよね。本当はどういうダンスなんですか」

氷谷は疑問に思っていたことを聞いた。

「うーん、それはまた壮大な質問だな。普通に言えばアメリカのフォークダンスなんだ」

それは聞いた気がする。でも、フォークダンスっていう気がしない。民族衣装を着ているわけでもないし、あのゆっさゆっさのスカートが民族衣装であるわけがない。そもそもアメリカの民族衣装って、何だろう。

「確かなのは、ヨーロッパから新天地アメリカに渡ってきた人たちが作ったダンスなんだ。アメリカの都会ではなく、人のあまり来ない田舎町で誰かが作り上げたんだと思う。ヨーロッパのいろんな国から来た人たちなので、その国独自の踊りというか、リズムや動きがある。国が違えばダンスも違う。それでは一緒に踊れない。そこで、それぞれの国のダンスからいろんな動きを寄せ集めたり、新しい動きを考えたりして、皆が分かるようにコール、つまり指示を出す。このコールの時はこう動くと決めて即興でコールして踊った。それなら皆で楽しめそうじゃないか」

「そうだったんですか。知りませんでした」

長老は物知りだなと思った。多々野さんが言っていた通りだ。

「いや、これは私の勝手な解釈だがね。でも大枠では間違ってはいないと思う。アメリカでも、都会の人は知らなかったんだよ。ある日、地方の田舎町では変わったダンスが流行っているらしいと、都会の人に発見されたらしいんだ。それがスクエアダンスの原点だ。そのスクエアダンスは現在私たちが踊っているダンスとは少し違っていたらしい。コールの動作が何呼間も続く長い箇所、例えばグランド ライト アンド レフトの時に、例えばこれはでたらめだが、ホーレルホーレロレロレリルー、みたいな名調子でダンサーを囃し立て、ダンサーもへーイとか掛け声を出して楽しむみたいな感じだったらしい。そのオリジナルなダンスを基にして新しいモダンスクエアというものが考え出された。それが現在のスクエアダンスだ。さらに、ベーシックのコールを組み合わせたり、新しい動作を加えたりして、上のレベルのスクエアダンスがたくさん考え出されたというわけだ。正確な知識が必要なら、日本スクエアダンス連盟の資料を見るといい」

「お話を伺っていると、それって、なんだかジャズみたいじゃないですか」

「それだよ。船に乗って新大陸に渡った人たちは、既存のものには満足せず、即興で楽しむという精神があったんじゃないのかな」

ジャズは世界で有名だが、スクエアダンスは知られていない。少なくとも氷谷は知らなかった。どうして誰も知らないのだろう。

「音楽の即興がジャズで、ダンスの即興はスクエアダンスだとする。どちらもアメリカが発祥です。ジャズが有名になって、スクエアダンスが有名にならなかったのはなぜですか」

「それはこういうことではないのかな。つまり、ジャズは聴いて楽しむことができる。ジャズの演奏ができなくても楽しめる。スクエアダンスは踊って楽しむものだ。見て楽しむものではない。つまり、ジャズでいう演奏者がスクエアダンスのコーラーであり、ジャズでいう聴衆はスクエアダンスのダンサーに相当する。だから、踊れない人は楽しめない。踊れない人はジャズでいう聴衆にはなれない。限定されるのはそういうことだと思う」

「そうですね。そうかもしれません」

なんとなく納得ができた。考えてみれば不思議なダンスだ。改めて興味が湧いてきた。

「そうだ、スクエアダンスにプロのダンサーはいないけど、プロのコーラーならアメリカにいるよ。日本にはいないけどね」

長老が氷谷にウインクして見せた。


金曜日の昼休み、研究所の社員レストランで森川さんを見かけた。

「ここ座っていいですか」

氷谷は森川さんの向かいの席に座った。今日の森川さんはいつになく表情が明るい。

「今週は忙しかったですね。ところで、ダンスのパートナーは見つかったんですか」

ニヤリとして森川さんは氷谷を見た。

「早いのねえ、誰から聞いたの」

「聞いてませんよ。じゃあ、見つかったんですね。良かったじゃないですか」

「これは他の人には言わないでね」

いかにも話したくてうずうずしている様子の森川さんだった。

「もちろんですよ」

「仕事で東京に転勤してきた人がいてね、たまたま社交ダンスのパートナーを探していたんだって。ラッキーだったのよ。」

森川さんよりは若いイケメンだという。森川さんの声が弾んでいる。

「でも、相手のことはよく調べないと、どんな人か分からないですよ」

「どういうこと。私のパートナーになんか文句あるわけ」

氷谷の反応が意外だったのか、森川さんの表情が怪しくなった。

「そうじゃなくて、森川さんは女性なんだから、用心した方がいいと思っただけで」

「ほっといてよ、私がいいと言ってるんだから」

恋は盲目と言うが、恋でなくても女と男のことは難しい。女性の気持ちは分からない。

そうだ、だから氷谷は逃げ出したんだ。もう悲しい思いはしたくなかった。それは楽しいことに背を向ける結果になった。それが自分にとっての幸せだと思っていた。津根奈に出会うまでは。

スクエアダンスの講習を受けるために日の丸会館に通い始めて既に大分経つ。せっかく講習に参加しているのだから、踊れるようになりたいと思う。初心者講習会も終わりの方だ。覚えていれば踊れるはずだが、実際には忘れてしまっている。テキストで復習をしなければ。

日曜日の夜、氷谷はアパートでスクエアダンスのテキストを開いてコールと動作の確認をしていた。まだ完全には覚えていない。思い出すのに少し時間がかかる。しかし、それでは踊れない。思い出しているうちに、次のコールが重なってくる。最初のコールの動作を思い出した時には、三つ目のコールが追い打ちをかける。頭の中は真っ白になる。だから、講習に行く前に復習して覚えていくのだが、覚えたはずなのに、ダンスのセットに入ってコールを聴くと、動作が直ぐには出てこないのだ。先輩方はそれを、体が覚えていない、という。体に覚えさせるために、踊り込みをするのだという。

踊り込みというのは、講習をせず、ただ踊るという経験を積み重ねるということだ。氷谷はそれに疑問を持っている。どう動くかを覚えてから練習するのなら分かるが、忘れていてどう動くか覚えていない状態で踊れと言われても、分からないものは分からないのだ。頭で覚えるのが先だと思っている。頭にしても体にしても、覚えていないのは確かだが。テキストを覚える。目次を出しそこにあるコールを、答えを見ずに説明できるようにする。まるで受験勉強だ。昔を思い出した。

いよいよ大詰めだ。今週で初心者講習会は最終回となり、その日に卒業式が行われる。クラブコスチュームは既に受け取った。

初心者講習会最後の日が訪れた。この日の例会で、氷谷は赤のクラブコスチュームを初めて着た。会員たちは一般のコスチュームを着ている。色とりどりだ。新人の女性たちは初めてフレアスカートの下にパニエというスカートを膨らませるものをはき、ゆっさゆっさと歩いている。なんだか楽しそうだ。年配の女性も、生足が見えちゃうと言いながら、まるで女子高生のようにはしゃいでいる。その顔はまんざらでもなさそうだ。新人が皆、赤のクラブコスチュームを着ているので、目立つ。なぜ丸のスケは赤色にしたのだろう。

例会が始まる。佐田会長が初めの挨拶をした。

「どーも、皆さん。今日は初心者講習会の最後の日です。講習が修了したら、皆さんには修了証書をお渡ししますが、今日の皆さんの踊りの程度によっては、修了証書をお渡しできないかもしれません。そうならないように、頑張ってください」

初心者講習会の内容はベーシックだが、その最後の講習が始まった。根岸コーラーがマイクを握っている。この日はいくつかのコールの説明を終え、いよいよ最後の一つとなった。

「では最後にフェリス ウィールの説明をします。まずは隊形を作ります。ヘッズ パス ジ オーシャン、イクステンド、ボーイズ ラン、これでツー フェイスド ラインになりました。カップルズ サーキュレート、ここから、フェリス ウィールを動いてみます。中を向いているカップルは前進して四人のラインを作り、四人の中心を軸にプロペラが半回転するように回り込んで向かい合います。外を向いているカップルは、中を向いているカップルとの中心だった点を軸にして回り込むように半回転し、前のカップルの後ろに着きます。

「では音楽をかけて、実際に踊ってみましょう。ヘッズ パス ジ オーシャン、イクステンド、スイング スルー、ボーイズ ラン、カップルズ サーキュレート トゥワイス、フェリス ウィール、センター スクエア スルー スリー、アレマン レフト、グランド ライト アンド レフト、ミートユア パートナー スイング、プラマネード、ゲット バック ホーム。サイズ……」

しばらく踊った後、講習が終わった。佐田会長がマイクを握った。

「えー、今年の新人はですね、うーん、ちょっとね、どうしたものか……、はい、非常に優秀です。全員卒業です」

周りから、ワーッという歓声が上がった。

「それでは、修了証書をお渡ししますので、名前を呼ばれた人はこちらに来てください」

一人ずつ名前を呼ばれ、修了証書を受け取った。拍手が鳴る。そして、新人が集まって佐田会長や根岸コーラーと共に写真に納まった。

丸のスケに入会手続きを取り、クラブの名札やこれから始まるメインストリームのテキストなどが入った大きな封筒を受け取った。

ミーティングで、講習会を卒業した新人は、パーティーデビューしてもらいますというお知らせがあった。新人のためのドサドーパーティーだという。八月お盆過ぎの日曜日に、開催される。新人は無料で招待されるので、ぜひ参加してくださいという。新人は踊れなくて当然と思ってくれる唯一のパーティーなので、参加しないと損だという。いろんなクラブから新人が参加するので、例会とは違う雰囲気が味わえるということと、いろんなコーラーのコールで踊れるので、いろんな人の発音に慣れる意味でも参加してほしい、と言われた。ベテランの人がサポートのためにエンゼルさんとして参加するので、新人は心配しなくていいということだった。エンゼルさんとは、新人のサポートに徹する人だという。エプロン姿のお手伝いさんをイメージしてしまう。

今日のスナックはお祝いの意を込めて豪華だという。会員のお姉さんたちがテーブルの周りに群がり、ゆっさゆっさと膨らませたスカートでバリケードが張り巡らされている。氷谷は近づくことができず、後ろで女性の逞しさに圧倒されながらバリケードが解除されるのを待っていた。

これが新人を歓迎するスナックだって？　ワーオ！

「もうパーティーだなんて、自信ないよ」

「黒木さんはちゃんと踊れているじゃない」

氷谷は、黒木さんは上手な方だと思っている。多々野さんによると、パーティーといっても、午前中は復習の意味で講習があるから、心配しなくていいらしい。

「その日はちょうど主人の一周忌なんだけど、パーティーに行ってもいいかなぁ」

奥山さんがペロッと舌を出して言った。

「だめでしょ、それは。予定通り法事はやらなきゃ」

氷谷は世間が言いそうなことしか言えなかった。奥山さんが不満そうに口をとんがらせている。それを見て多々野さんは苦笑いしていた。


ウサギを免疫して作った抗体には、いろんなB細胞が起源の抗体が含まれていて反応性に幅がある。それをポリクローナル抗体と言う。それに対して、マウスで作製するモノクローナル抗体は一つのB細胞を起源とする抗体であり、反応性は一定である。免疫後に細胞融合技術を使って作製する。モノクローナル抗体の方が方法論的に有利であると言える。

氷谷は細胞培養を横野から教えてもらうことにした。横野はちょうど細胞培養をやっているのだ。モノクローナル抗体の作製には必要になる基礎技術だ。無菌操作になるので、内部を紫外線で殺菌して陽圧にしているクリーンベンチ内での操作が必要になる。研究室内の空気中には雑菌などが浮遊しているので、クリーンベンチ内に入らないように陽圧になっているのだ。培養液の調製法やオートクレーブで殺菌したピペットやチューブ、チップ、シャーレなどの使用法などの基礎を教えてもらった。株細胞はマウスミエローマ細胞、これはマウスの白血病細胞から株化されたもので、購入したもの。液体窒素の中で保存。ミエローマ細胞は癌細胞の一種なので、不死。培養することでいくらでも細胞分裂して増える。

研究室での仕事を終え氷谷が社員レストランに行くと、津根奈の姿が目に入った。ちょうど昼食を終えたところのようだ。近くまで歩いていく。

「あれ？　お久しぶりです。今日はどうしたんですか」

氷谷は津根奈に声をかけた。隣の男性が挨拶で立った。

「営業三課の青山です」

氷谷は青山と名刺交換した。

「今から新たな取引先病院に検査企画と営業が説明に行くの。それで、ついでに私も同行させてもらうことになったの。営業中の取材をするために」

津根奈の説明を聞いて、氷谷は広報の仕事とは思えない気がしたが、意見を言うのは控えた。

「そうですか、外回りがあるんですね」

「詳細については社外秘だけど、様子については社内報に紹介できるかも。私は何でもやる主義だから」

「いやあ、津根奈さんとは新人研修の時に、営業同行で二週間ご一緒させていただいたんですがね、意欲の高さは一番でしたよ」

氷谷は初めて聞く話だった。新人研修？　営業同行で二週間ご一緒？　はあ？

「そうだ、津根奈さんは森川さんを知ってる？　たしか女子会で会ったと聞いたんですが……」

氷谷が津根奈にダンスのことを聞こうと話しかけた時、男性がひとり「お待たせしました」と言いながらやって来た。一緒に新たな取引先病院に行く人らしい。

「ごめんなさい、そろそろ行かなきゃ」

そう言うと、津根奈と青山は立ち上がり、食器のトレーを持って返却口に向かった。氷谷は彼女の後ろ姿を無意識に追いかけていた。二週間ご一緒だって？　あの男と？

昼食を終え研究室に戻ったが、仕事をする気になれない。自動販売機でコーヒーを買い、事務室に戻った。津根奈のことが頭から離れない。どうして、どうして。また頭の中で羊がぐるぐる走り回っている。走り続ける羊をなだめるためにコーヒーをがぶがぶ飲んだ。少しするとお腹の調子が悪くなり、トイレに走った。何やってるんだ。事務室に戻り、しばらくパソコンをいじる。

それから研究室に入り、急いで実験の続きをこなした。

氷谷が実際に細胞培養をやってみると、難しい面もある。細胞が増えすぎて培養液がピンクから黄色に変化すると培養液が酸性になったことを示し、その前に培養液の交換が必要になる。土日の二日を休みにすると金曜日から月曜日まで三日間、細胞が増えすぎない細胞数に調整する必要がある。それが難しい。心配なので土日休みの日も細胞の様子を見に行くことにした。検査部は、金曜日に病院から受託した検査を土曜日に実施するので、土曜日の研究所は開いているのだ。

そんなある土曜日、氷谷が培養していた細胞を見に研究室に来ている時に、高山が研究室に入ってきた。高山が土曜日に会社に来るなんて知らなかった。

「だいたい希釈直線性とか添加回収試験とか、その程度の性能も無い測定系しか作れないなんて、研究に向いてないいんじゃないの？」

高山は嬉しそうな顔で、氷谷に向かってそう言い放った。月度報告会での内容だ。

「高山さんも課長に何か言われてましたよね。何か確認するの忘れてませんでしたか？」

氷谷は一歩も引かないつもりだ。高山を睨み返した。高山は顔を赤くして、黙って研究室から出て行った。

初心者講習会の卒業式後の例会で、コスチューム交換会が行われた。新人は赤いクラブコスチュームしか持っていないのに対して、先輩会員はコスチュームをたくさん持っている。年に一回、お揃いのコスチュームを作りましょうと言って毎年作る人が多いと聞いている。ベテランになるとコスチュームが二十枚、三十枚と溜まってしまうらしい。お洒落な女性なら何十枚にも。そこで、普段の例会で新人がコスチュームを着て参加できるように安く提供しようという趣旨である。

氷谷は、テーブルの上に並べられたコスチュームの中から一つを選んだ。

「これも買いなさいよ、安いんだから」

男性役の高瀬さんがシャツを選んで、氷谷の前に差し出した。

「ほら、似合うよ」

そう言われて、氷谷はそれも買うことにした。

初心者講習会の終了後、一か月ほどは復習のためにダンスを踊っていたが、それ以降になるとメインストリームの講習が始まった。初心者講習会で習ったベーシックのコールの数は約五十だが、次のメインストリームのコールの数は二十くらいしかないので、講習の期間は長くないだろう。

日の丸会館に入り、地下フロアに下りるといつも「今晩は」と挨拶する。なんだか嬉しい瞬間だ。今日は見かけない人たちがいた。数人の女性がおそろいのコスチュームを着ている。講習が始まる前に、他クラブの人たちがクラブ訪問に来てくれました、と紹介があった。クラブの名前を言っていたが、よく聞こえなかった。それから講習が始まった。氷谷はクラブ訪問で来たという背の高い女性に誘われ、スクエアセットに入った。

メインストリームの講習が終わりブレイクした後で、その背の高い女性に氷谷はホールの隅に誘われた。

「あのさあ、そんなに強く握ったら手が痛いじゃない」

「はあ?」

「手が痛いでしょ、分かってるの、強く握らないでよ」

何を言ってるんだ、このばばあが、と思ったが口には出さなかった。目で喋った。手を強く握った覚えはない。そんな不潔な手を誰が握るか。

「強くなんか握ってないでしょ。それに、そっちが誘ってきたんじゃないか。そんな風に言うのなら、そちらとはもう二度と踊りませんので安心してください」

そう言うと、氷谷は背を向けてホールの扉からロビーに出た。

多々野さんもホールから出てきた。氷谷を見つけると近寄ってきた。

「何かあったの?　もめてたみたいだけど」

「ぼくが手を強く握ったとか言うんです。だから手が痛いんだって。だったらもうそちらとは踊らないので安心してくださいと言ってやったんです」

氷谷は正直に答えた。多々野さんには何でも話せそうだった。

「ははあ、そういうことね。新人の人はね、一度手を握ったら離さない、手を離そうとすると不安になるのか強く握ってくる。そういう傾向があるのよ。でも、氷谷さんが強く握っているとは思わないけどな。それにしても、他所のクラブから来てうちの大切な新人に文句を言うなんて、どうなのかしら。失礼だわ。会長に言っておくね。そんなにカリカリしない」

ミーティングの時間に、他クラブの背の高い女性たちは、アニバーサリーがあるのでぜひ来てくださいと誘っていた。アニバーサリーとは創立記念パーティーのことらしい。誰が行くものか、と氷谷は思った。

例会後半のダンスタイムの時に、佐田会長は踊りについての指導は資格のあるコーラーが行っているので、ダンサーの方は勝手にやらないでください、と注意した。

講習の復習時間、氷谷のセットにあの背の高い女が入ってきた。嫌だなと思った。背が高いんだから男性役をやればいいのに。氷谷は他の女性とは普通に踊ったが、その女とだけは手が触れないように避けて踊った。プラマネードの時も手をつないでいる振りをしてエアーで歩いた。これなら手が痛いとは言われないだろう。文句を言われるのは御免だ。そのチップが終わり、ブレイクした。同じセットにいた黒木さんが見ていたらしい。黒木さんに氷谷は呼び止められた。

「ねえ、氷谷さんって、凄いんですね。でも、素直に行動できる人は羨ましい」

ドキッとした。見られたくないものを見られた気がした。氷谷は黒木さんの顔をそっと見た。いたずらがバレてお母さんに叱られた時のような感情が沸き起こる。顔が熱くなった。あれ、羨ましいってどういうこと?


ドサドーパーティー前日の例会の前に、ダンスシューズを買いに行った。教えてもらった店はバレエ用品を売っている店だった。ダンスシューズの男性用となると、たまたま在庫があるものは社交ダンス用のヒールの高いものか、フォークダンス用の底が薄く平らなものでサイズが大きめのシューズしかなかった。スクエアダンス用などは無かった。取り寄せしましょうかと聞かれたが、使用するのは明日なので間に合うわけもなく、底が薄く平らな方のシューズを買った。

その日の例会で、新人のためにベーシックの復習を中心に踊った。明日はクラブコスチュームとクラブバッジは必ず持参するようにとの注意があった。そしてお弁当とペットボトルのお茶も忘れないように、念を押された。

二　夏の出来事

新人のパーティーデビュー

今日は氷谷たち新人のパーティーデビューの日だ。ドサドーパーティーというのは、新人にダンスは楽しいと思ってもらうためのパーティーだと聞いている。もしそう思えなければ、新人はスクエアダンスをうまく踊れるように頑張ろうとはしないだろう。新人たちが楽しいと思えなければこのパーティーは失敗なのだ。ひねくれたコールを面白いと勘違いしているコーラーは不適格だ。東京都スクエアダンス協会からは、各コーラーにそのような通達が出されているという。

氷谷は下町方面へのJRの電車に乗り換えた。到着した駅でホームに降りると、パニエバッグを持った女性を何人も見かけた。パニエバッグとは、スカートを膨らませるパニエをコンパクトに丸めて入れる専用のバッグで、穴の無いドーナツ型をしている。これを持っているということは、スクエアダンスのパーティーに来た人に間違いない。駅を出てその間違いのない人たちの後について、まるで金魚の糞のように連なって歩いていると、チラシにあったビルが見えてきた。一階エレベーター前は、エレベーター待ちの人でかなり混雑していた。ようやくそれに乗り込み、最上階に上がった。そこで降りて真っ直ぐ歩いて行くと、受付が見えた。入り口に東京都スクエアダンス協会主催ドサドーパーティーの看板が立てかけてある。

氷谷はクラブから事前にもらったチケットを受付に渡した。新人は無料だ。初心者バッジとプログラムを受け取ると、男性更衣室の場所を聞いてそこに向かった。

更衣室のドアを開けると、中はテーブルや椅子が並んでいる会議室で、既に人でいっぱいだった。氷谷は部屋の隅に行き、床に荷物を置いてそこで着替えることにした。シャツを脱ぎ、赤いクラブシャツを着てループタイを締めた。そして、胸にクラブバッジと初心者バッジを付ける。丸のスケの人もいた。同じクラブの人は同じ色や柄のクラブシャツを着ているので直ぐに分かる。まるで制服だ。

プログラムを胸ポケットに入れ、会場である大ホールに入った。目に飛び込んできたのは、黄色いコスチュームを着た一団のクラブの人数の多さだ。次に多いのが丸のスケの赤いコスチュームだった。青いコスチュームや緑のコスチュームの人も相当数いた。もちろん、他のクラブの人はそれぞれ独自のコスチュームを着ている。東京都スクエアダンス協会主催のパーティーはクラブコスチュームを着用するのが習わしらしい。どこのクラブの人か直ぐに分かるからだろう。まるで鳥の群れを見ているようだ。大きな集団は渡り鳥か。氷谷はまだ他のクラブのコスチュームを見ても、どこのクラブかは分からない。

ホールの入り口近くで丸のスケの新人たちが何人か集まっている。奥山さんもいた。

「あれ、一周忌は大丈夫なんですか」

氷谷は奥山さんにそっと聞いた。

「ちゃんと済ませたから、大丈夫よ」

奥山さんは笑顔だった。先に逝ったご主人も奥さんが元気な方が嬉しいだろう。

近くに多々野さんが居たので聞いてみる。

「あの黄色いコスチュームはどこのクラブなんですか」

「ああ、あれは銀座スクエアダンスクラブね。会員が東京で一番多いクラブ。凄いわねえ」

そうだな、と思って見ていると、あっと思った。氷谷はその黄色い集団の中にある人の顔を見つけた。ぶつからないように人を避けながら、急いでその人に近づいた。向こうも氷谷に気付いたようで、あっ、というような顔をした。

「津根奈さん、どうしてここに」

氷谷は周りの人のことも気にせずに、津根奈の前に立っていた。

「やだ、丸のスケに入っていたんですか。教えてくれたらよかったのに」

「だって、社交ダンスを踊っているとばかり」

津根奈は氷谷が初心者バッジを付けていることに気付いたらしい。

「すごい、今日の主役じゃないの。おめでとう」

氷谷の目を真っ直ぐに見て津根奈にそう言われると、氷谷の顔は熱くなった。

「あ、ありがとう」

津根奈の隣にいた青いコスチュームを着た男が、素っ頓狂な声を上げた。

「あっ、研究所で会った人だ」

氷谷も、気が付いた。

「あっ、営業の、えーと、青山さん」

氷谷は二人がなんとなく怪しいと感じた。なんで一緒に居るんだろう、同じクラブでもないのに。会社でも一緒に居た。同じ部署でもないのに。

「最初に踊ろう」

青山が津根奈を誘った。

「だめよ、最初は新人を誘わなきゃいけないんだから」

「じゃあ、午後のパーティーで」

そう言って、青山は青いコスチュームの集団がいる方へ去って行った。

「青山さんって、どこのクラブの人なんですか」

「東西スクエアダンス倶楽部」

氷谷は津根奈ともっと話したかったが、開始の時間が近づいてきたようだ。ステージ近くでスクエアセットを作って待っている人が増えてきた。

「じゃあ、また後で」

そう言うと、氷谷は丸のスケの人たちの居る赤い集団の方へ戻った。パーティーなのだからいろんなクラブの人を誘って踊ればいいのにと思うのだが、そんなことを言うと若い人は覚えが早いからねえ、などと必ず言われる。言われるほどには氷谷は上手に踊れるわけではないのに。新人は新人同士組まないで、サポート役のエンゼルさん、つまり新人を楽しく踊らせる役の人と組むように言われた。丸のスケのエンゼルさんは、昨年新人だった人が多いようだ。それでも氷谷から見ればベテランだ。来年は氷谷たちがエンゼル役をやらされるのだろう。踊って楽しみたい本当のベテランは来ていないそうだ。

「もし間違っていたら、ぐいぐい引っ張ってでもいいから正しいところに動かしてください」

奥山さんが必死に周りの人に頼んでいた。間違えてセットが壊れることを極端に恐れているのだ。エンゼル役の人が、大丈夫、大丈夫と励ましていた。

スクエアダンスは八人で踊るダンスなので、一人が違う動きをするとセットが壊れてしまう。回復できなければ他のダンサーには迷惑がかかるので、踊れるようになってからパーティーに参加するのが本来はマナーだ。しかし今日は新人のパーティーデビューである。ダンスの楽しさを知ってもらい、踊れるようになりたいと思ってもらうためのパーティーだ。間違えずに踊れなくてもいいのだ。新人が楽しくなかったと思えば、二度とパーティーには行かないだろう。

音楽が流れ、スクエアセットを作ってくださいのアナウンスがあった。午前中は復習のための講習で、足慣らし的な意味があるようだ。周りを見てみると、ほとんどのセットは同じ色のコスチュームを着た人たちで作られていた。講習担当のコーラーは有名なベテランらしい。

今日の最初の講習はいろいろな隊形からのサーキュレートだった。特に向きが互い違いに四人並んだオーシャン ウェーブのラインが平行に二本並ぶ隊形では、中は中、外は外を進むのだが、外の人は端から端に大きく動かなければならない。たまに近くで済まそうとする人がいる。近くの人と違う動きをする場合は、近くの人の動きにつられて動いてしまう人がいるのだ。

ブレイクの後にスクエアセットを作り直して、次の講習はカリフォルニア トワールとスタースルーだった。スター スルーは向かい合った男女で行い、男性は右手を女性は左手を合わせて上に上げ、女性が内側を男性は外側を通って女性は左を向き、男性は右を向くと、九十度向きを変えて横に並んだカップルになる。カリフォルニア トワールは、男性左側、女性右側の普通のカップルから、つないでいる内側の手を上に上げ、女性が内側、男性が外側を回り込んで、逆向きの方向に並んだカップルとなる。

復習として、講習でやった内容を散りばめたコールで何度か踊り、講習は終了した。

次はセレモニーを行いますので、しばらくお待ちくださいというアナウンスが流れた。ステージに椅子が並べられた。来賓と主催者のお偉方、講習のコーラーたちが登壇して椅子に着席して並んだ。

「それではご来賓の中から、まず日本スクエアダンス連盟会長の藤堂黄右衛門《とうどうこうえもん》様に、ご祝辞を賜りたいと思います。藤堂黄右衛門様、お願いいたします」

司会者から指名を受けた藤堂連盟会長はよろよろと立ち上がると、そろりそろりとマイクの前に進み出た。

「えー、本日はお暑い中、ドサドーパーティーに足をお運びくださいまして、誠にありがとうございます。近頃は巨人の成績が悪くて非常に憤慨しておったところでございますが、今日、新しくスクエアダンスに加わった多くの方がおられることを知り、誠に喜ばしく思っております。スクエアダンスがここまで多くの方に愛されてきたのは、先人たちの苦労があってのことと思います。そこで、少し昔の話をしたいと思います。東京で一番長い歴史を持つのが東西スクエアダンス倶楽部です。コスチュームは青です。会長の喜多村さんはスクエアダンス発展のため、非常に大きな貢献をされました。大きなクラブの人も皆、喜多村さんにはお世話になっており、頭が上がりません。彼は年齢不詳です。怖くて聞けません。今年の新入会員は十名だそうです。おめでとうございます。この東西スクエアダンス倶楽部から独立してできたのが南北スクエアダンスの会です。緑のコスチュームです。会長の目黒さんはとても人望のある方で、独立後に様々な困難を乗り越えて会の発展に尽力されてきました。今年の新入会員は十名だそうです。おめでとうございます。次は丸の内スクエアダンスクラブです。赤いコスチュームのクラブで、丸のスケという愛称で呼ばれています。リーダー的存在のクラブです。会長の佐田さんは皆さんご存じの通り、日本のみならずアメリカでも有名な方です。丸のスケはスクエアダンス発展のため、様々なことを他に先駆けてやってきました。そして多くの人材を育て、それが多くの新しいクラブの誕生に結びつきました。連盟や協会に役員を多数送り込んで、裏方の仕事でもスクエアダンスの発展に貢献してくれております。今年の新入会員は二十名だそうです。おめでとうございます。最後に、銀座スクエアダンスクラブについてお話しします。黄色のコスチュームです。会長の東町さんは中興の祖とも言うべき存在で、丸のスケの背中を追って東京最大のクラブに育て上げました。地の利の良さを最大限に生かし、金持ち集団を作り上げました。パーティーには、最近では毎年アメリカからプロのコーラーを招聘しております。スクエアダンスの発展のために、ＤＶＤの教習講座を制作するなど、様々な活動を行っております。お世話になった人も多いと思います。今年の新入会員は四十名だそうです。おめでとうございます。さて、この四つのクラブ以外にもたくさんのクラブが存在していますが、私はまず、この四つのクラブがさらに頑張って、スクエアダンスの世界を盛り上げていってもらいたいと思っております。ご清聴ありがとうございました」

連盟会長が着席するのを待って、司会者はマイクを握った。

「えー、藤堂連盟会長より貴重なお話が聞けたと思います。それでは、次に……」

祝辞が続き、終わったのは十分後だった。それから新人たちの写真撮影へと進んだ。椅子がステージの下に並べられた。クラブ単位で座るので、人数の少ないクラブはコスチュームの色の塊で存在感を示すことができない。人数が少ないと、どこに居るか分からない。それで小さなクラブの関係者は、前の席を確保しようと必死の争奪戦を繰り広げていた。最前列の椅子の中央に役員その他、その周りに新人が座り、後列の椅子の後ろにも新人が立った。前列の椅子の前には床に直に座っている新人もいた。女性だから許される場所だろう。男性では様にならない。

氷谷たち丸のスケの新人は、カメラに向かって右側の後ろにかたまって立っていた。新人の集合写真撮影が終わると、お昼休みの時間になった。

各クラブの人はそれぞれ集まって、思い思いの場所に陣取り、ダンス会場の床にレジャーシートを敷き始めた。お弁当を手荷物の中に入れてホールに持ち込んでいる人は、そこからお弁当を取り出した。氷谷は更衣室に置いてきたので、取りに行った。駅のコンビニで買ってきたおにぎりだ。丸のスケのレジャーシートに座らせてもらって食べた。コンビニ弁当の人や、手作り弁当の人もいた。タッパーに入れたお漬物とか果物をさいの目切りにしたものが、人から人へとまるで伝言ゲームのように、リレーされて回ってきた。爪楊枝で刺していただいた。自分のクラブではなく他のクラブのレジャーシートに紛れ込んで、そこで食べている人もいた。東西スクエアダンス倶楽部の人が、銀座スクエアダンスクラブのレジャーシートに座って食べてるんじゃないかと気になる。まさか立ち上がって確認するわけにもいかない。

昼休みに受付奥のスペースで、スクエアダンスのコスチュームやシューズとか小物などを販売する出店があった。ほとんどのスペースは女性用の商品で占められていた。氷谷は男性用の小物を見つけ、首に巻くスカーフタイとループタイ、それに留め具のアグレットを買った。

氷谷は思い出していた。青山が社員レストランで話していたことを。津根奈が入社して新人研修で、青山と営業同行を二週間やったと言っていた。そして津根奈は入社時には結婚相手がいたが別れたと聞いている。青山と津根奈がクラブは違うがスクエアダンスを踊っていて、青山は津根奈をしつこく誘っていた。とすると、結婚相手と別れたことと青山と二週間の営業同行ということが、関連していると考えるほかはない。氷谷の疑念は確信に変わっていた。なぜ津根奈は社交ダンスではなくスクエアダンスを始めたのだろう。

午後はパーティー形式で行われた。つまり講習はなく、様々なコーラーがコールしてダンスを楽しむという本来のパーティーだった。

音楽が流れ、スクエアセットを作ってくださいの声がかかる。見ていると、初めのうち新人は同じクラブの人と組む傾向があるらしく、八人全員が同じコスチュームというセットも目についた。氷谷はできるだけ違うクラブの人と踊りたいと思ったが、氷谷が誘いたいと思うような人はあっという間に売り切れ状態になり、当然津根奈の姿も見えなかった。仕方ないので、壁際に沿って並んでいる椅子に座って様子を見ることにした。黄色のコスチュームを片っ端から見ていくと、青いコスチュームと踊っている黄色いコスチュームの女性がいた。見つけた、津根奈を。それにしても青山か。そのチップが終わるのを待った。ダンスが終わると、各セットの八人のダンサーは右手を八人の中心に伸ばして、サンキューと言っていた。

終わったので津根奈を誘おうと立ち上がったが、解散したセットの中の別の人同士で手を取って、すぐに新しいカップルを作ってしまい、氷谷の付け入る隙は無かった。しょうがないので座っていると、目の前に女性が近づいてきて「踊りましょう」と言って氷谷は誘われた。それで空いているセットを探してそこに二人は入った。コーラーからは遠い位置だった。コールが始まり踊ってみると、氷谷の入ったセットは、踊りがあまりできない人たちの集まりだったみたいで、壊れてばかりいた。これでは楽しいとは思えなかった。

その後、一つのチップが終わってホールの中ほどから戻ってくる女性を狙って誘い、何チップか踊った。そして、扉から外のロビーに出て、持参したペットボトルのお茶を飲んだ。ホールに戻る途中で、チラシの展示スペースに津根奈がいるのに気が付いた。急いで近づいていった。

「次、踊ってくれますか」

「うわっ」

後ろから急に言われてびっくりしたのか、津根奈は声を上げて振り向いた。氷谷の顔を見ると笑顔になった。

「いいわよ」

「よかった。それと、パーティーが終わったら、お茶しませんか」

この機を逃したらまたしばらく会えないかもしれないと思い、氷谷は欲張った。

「でも、新人だったら、パーティーの後でクラブの懇親会があるんじゃないの」

「あっ、そうだ。とすると、銀座もそうなのかな」

「私は新人じゃないから、少しくらい遅れても問題ないと思うけど」

「じゃあ、ちょっとだけでもいいから、お茶しませんか」

必死な気持ちの氷谷を可哀想に思ったのか、津根奈は笑顔だった。

「分かったわ。短い時間でもよければ」

「ありがとう。パーティーが終わったら正面玄関で待ってるから」

氷谷は大切なことを全て伝えた。

「じゃあ、一緒に踊りましょ」

津根奈に促されてホールに向かって歩いた。

ホールに入るとちょうど音楽が終わり、コーラーの交代の時間になった。津根奈の手を取ってホールの中ほどに歩いた。コーラーに背を向けた一組の位置に立つと、津根奈は手を上げた。カップル募集の意味だ。周りからカップルが集まってきた。「ワン　モア　カップル」と声を出した時、最後に飛び込んできたのは、緑のコスチュームを着た女性と青山のカップルだった。これでスクエアセットが出来た。氷谷は嬉しそうな青山の顔をちらっと見た。平静を装ったが、青山のことが気になって仕方がない。

音楽が流れ、コールが始まる。津根奈はいつも笑顔で目と目を合わせてくれるので、氷谷はダンスが自然に楽しくなった。しかも津根奈の黄色いコスチュームのスカートの流れるような動きは本当に綺麗だった。人によってこんなにも違うのか。本当に楽しい。しかし、楽しい時間は直ぐに終わってしまう。ダンスが終わると、セットの中にいた青山が素早く手を出して津根奈を誘った。津根奈は氷谷を見た。氷谷は目で、じゃあ後で、と伝えた。何者なんだろう、青山は。

パーティーが終わって着替えた後、氷谷は正面玄関で待っていた。津根奈の姿を見つけると、手を振った。良かった。彼女と目が合う。その笑顔は輝いていた。

「来てくれてありがとう」

氷谷は津根奈の顔を見て安心した。彼女が本当に来てくれるかどうか心配だったのだ。

駅の方向に歩き、駅前のコーヒーショップに入った。津根奈はアイスコーヒーを、氷谷はブレンドを頼んで、店の窓に面した席に並んで座った。

「津根奈さんは社交ダンスを踊っているとと思っていたんだ。社交ダンスを踊ってる森川さんから、津根奈さんもダンスを踊ってると聞いていたから。だから、スクエアダンスの会場にいるのを見た時は本当にびっくりした」

「それはこっちだってびっくりしたわ。だって、見たことのある人がいるって」

津根奈は可笑しそうに手で口を押えた。

「スクエアダンスを始めたきっかけは何だったの?」

氷谷には聞きたいことがいっぱいあった。

「私には悩んでいた時期があって。そのことを青山さんに相談したことがあるの。多分それで青山さんが誘ってくれたんだと思う。初めは断っていたんだけど、何度も誘うのよ。でもどんなダンスか分からないし。そう言ったら、ちょうどいいのがあるから一緒に見に行こう、と言って連れてってくれたのが銀座スクエアダンスクラブのパーティーだった」

「でもダンスを踊る人じゃないと、会場の中には入れないんじゃないの」

氷谷は今日のパーティーを振り返って、そう思った。

「ところが、銀座スクエアダンスクラブのパーティーは違うの。オープンスペースの会場なので、外から踊ってるのが見えるの。もちろんビルの中なんだけどね。初めて見るような華やかな衣装が踊っていた。非日常の世界がそこにあったの。一目見て楽しそうだって分かったんだ」

「それって、よく分からないんだけど」

「吹き抜けのビルの一階が会場で、ダンスフロアの周りに椅子席があり、その外側を一般の人が歩いているというイメージかな。そうだ、今度うちのアニバーサリーがその会場であるから、ぜひ来てね。ここにチラシがあるから」

そう言って、津根奈はバッグからチラシを取り出すと、氷谷の目を見て手渡した。

津根奈は平気で相手の目を見つめてくるという、日本人らしからぬところがあった。大きな黒い瞳で見つめられると氷谷は勝手に顔が熱くなった。熱くて融けそうだ。なぜだろう。秘密の光線が津根奈の黒い瞳から出ているのではないか。そう考えるしかない。男なら誰でもそうなるんじゃないか。そこが魅力であり、不安の元でもあった。

「青山さんとしては、本当は東西スクエアダンス倶楽部に入って欲しかったんじゃないの」

「そうかもしれないけど、あそこは例会が土曜日でしょ。平日の仕事帰りに例会に行ける今のクラブの方が、私には合ってるんだ」

氷谷が丸のスケの懇親会会場のお店に着いた時には、既に乾杯は終わっていた。くじ引きの数字が一つ残っていて、その数字の席に行くと隣が長老だった。席に着くとまずは乾杯ということで、ビールを勧められた。

「どうやら銀座に好きな女性がいるらしいな」

長老は表情を変えずに淡々と聞いてきた。

「銀座の高級クラブに好きな女性が居たら、かなりバブリーな生活ですよね。もちろん、そんな女性は居ませんが」

「高級クラブとは言っとらんぞ。高級腕時計を身につけて高級外車を乗り回すのが成功者だとでも思っているのかね。そんなことでもしないと成功者とは思われない、寂しい人間のやることだ」

まいったなあ、と氷谷は思った。別世界の人間のやることなんて想像できないだけだ。

「彼女は同じ会社の人ですから、特別に見えるだけです」

氷谷は自分が舞い上がっていることに気がつかなかった。長老は声を上げて笑った。

「まあ、冗談はこれくらいにしよう。氷谷君は若いから、皆が注目しとるわけだ」

「パーティーって、知らない人と踊っても、あんまり楽しくなかったですね」

氷谷は今日のパーティーを振り返ってみた。知らない人と踊っても、やっぱり知らない人だ。

無表情で黙々と踊っている感じだった。

「初めは誰でも初対面だ。話はしたのかね。黙っていてはだめだ。今日一緒に踊った人は、次にパーティーで会えば顔見知りだ。誘ってみればいいじゃないか。そうすればいろんな人と話ができるし親しくもなれる。パーティーに行く楽しみもできるというわけだ」

「そうなればいいですけどね」

「ところで、氷谷君。君は将来コールの勉強をすることになると思う。ダンスもいいが、圧倒的にコールの方が面白いんだよ」

「ぼくがコールの勉強ですか。可笑しくないですか、そんなことしたら」

氷谷は長老がとんでもないことを言い出したと思った。長老は手に持ったグラスのビールをグイと飲み干した。

「そんなことはない。リタイアした人が勉強してコーラーになっても、しょせん高齢者だ。十年やればパワーも落ちてくる。若い人がやるべきだよ。秀吉が失敗し、家康がなぜ成功したのか。歴史が証明しとる。また機会があったら、スクエアダンスの本当の面白さを教えてあげよう」

懇親会が終わり、アパートに帰った氷谷はなかなか寝付けなかった。明らかに興奮していた。この興奮を静めなければと思い、布団から抜け出して氷谷は顔を洗いに行った。どうしたんだろう、今日は寝るのを諦め、湯を沸かしてコーヒーを飲んだ。コーヒーを飲むと眠れなくなるということは今まで無かったが、今日はそもそも寝付けないので、布団の中で津根奈のことをずっと考えていた。考えていたかった。黄色いコスチュームの津根奈。黄色いコスチュームの……。黄色い……。いつの間にか眠ってしまったらしい。

氷谷は変な夢を見た。黄色い花が綺麗に咲いていた。そこに青い虫が飛んできて、花に頭を突っ込むと蜜を吸い始めた。すると、黄色い花と青い虫が急にぐるぐる回り始め、全てが緑色の世界になり、気が付くと緑色の大きな芋虫がうねうねと動いている。まるで怪物だ。

「わっ」という自分の声で目が覚めた。時計を見ると、会社に出かける時間じゃないか。しまった！　寝過ごしたのか。遅刻してしまう。急いで着替え、アパートを飛び出して駅に向かった。歩いていて、周りの雰囲気がいつもと違うことに気付いた。人も少ないし、そんなに暑くない。おかしいと思い再度時計を見ると、いつもより一時間早い時間だった。時間を間違えていたのだ。それでも、そのまま駅まで歩いた。いつもの駅で降りると、駅前の喫茶店に入りモーニングを注文した。

氷谷が会社でメールをチェックしていると、津根奈からメールが届いていた。

氷谷さん、昨日はアイスコーヒーをごちそうになり、ありがとうございます。
またパーティーでお会いしましょう。

氷谷は早速メールの返信をした。

　　こちらこそありがとうございます。これからもよろしくお願いします。

営業の青山からもメールが届いていた。これからもよろしくだって。青虫は害虫だ。こちらはゴミ箱に移した。

「きょうは随分と機嫌がいいみたいね。何かあったんでしょう」

森川さんが早速嗅ぎつけてきた。氷谷は自分が浮かれた顔をしてメールをしていたのではないかと疑った。

「森川さんこそ、何かいいことでもあったんですか」

話を逸らすためには相手の質問に答えてはいけないと思い、氷谷から無理に質問してみた。でも、話が噛み合わずそれ以上には続かなかった。

研究室に入り、細胞培養しているマウスのミエローマ細胞の様子を見た。シャーレの数を増やして細胞数が増えたので、細胞培養の練習は終わりだ。シャーレから細胞をチューブに移して遠心分離し、底に集めて少量の凍結保存液に浮遊させ、液体窒素中に保存した。

今日は横野が細胞融合をするというので、その様子を見せてもらうことにした。あらかじめマウスに免疫をして、血中に抗体を作らせる。抗体価が上がっていることは確認済み。そのマウスを使う。

マウスを飼育室から飼育ケージに入ったままクリーンベンチの下まで持ってくる。マウスに麻酔をかけ、頸椎脱臼で殺す。全身を消毒用のアルコールでびちゃびちゃに消毒し、無菌操作をするためにクリーンベンチの中に入れ、アルミホイルの上に腹を上にして横たえる。開腹して脾臓を取り出し、培養液の入ったシャーレに入れる。シャーレに蓋をして、アルミホイルごとマウスをクリーンベンチの外に出す。シャーレの中で脾臓を潰すと、中からたくさんのリンパ球が出てきた。横野はクリーンベンチの前に座ってクリーンベンチに手を突っ込み、作業している。氷谷は横野の隣に座ってその作業を見ていた。

脾臓の中には、免疫原に対する抗体を産生しているリンパ球、すなわちB細胞が存在する。そのリンパ球は寿命が来ると死んでしまうので、死なないミエローマ細胞と融合させ、抗体を出して、しかも死なない細胞を作るのが目的だ。今日はそこまでを見せてもらう。そこから先はスクリーニングとクローニングと言って、最も重要な作業になるのだが、それは自分が実際にモノクローナル抗体を作製する時に自分でやればいいだろう。

横野は、まずマウスのリンパ球とミエローマ細胞の数をカウントした。細胞の数を数えるための狭い隙間のあるガラス板、すなわち血算板と手動のカウント計で、顕微鏡を覗きながら一定の範囲にある細胞の数を数えるのだ。脾臓から取り出したリンパ球とミエローマ細胞を一定の比率で同じチューブに加えた。遠心分離して細胞をチューブの底に集め、ミックスした細胞に融合用の液を滴々と少しずつ加えていく。細胞膜を徐々に融かすのだ。加えながらかき混ぜる時間が大切だというので、横野は氷谷に、時計から目を離さないで一秒毎に時間を読み上げろという。「いち、に、さん、し、……」ずっと時計を睨んでいた。一定秒数の後で、氷谷の役割は終わった。横野はそこに培養液を加えて融合用の液を希釈して、細胞膜がこれ以上融けるのを停止させた。融合した細胞のみが生き残る培養液で培養し、目的の抗体を産生する細胞を探すのだ。しかし、氷谷は時計を睨んでいたので、肝心なかき混ぜるところをよく見ていなかった。横野は人に教えるのが下手だと思う。それとも氷谷に対する嫌がらせなのだろうか。訳が分からない。

土曜日の習慣として、氷谷は日の丸会館に出かける。午後六時から丸のスケの例会に参加するためだ。コールの種類が少ないこともありメインストリームの講習は終了に近づいていた。ミーティングタイムになり、司会役が佐田会長にマイクを渡した。

「どーも。まだまだ暑い日が続きますが、健康に気を付けてダンスを楽しんでください。今年の新人は優秀で、講習が早く進みました。丸のスケのパーティーの準備も着々と進んでいます。では企画委員会の方からお願いします」

「丸のスケの創立記念パーティーであるアニバーサリーを宣伝するために、クラブ訪問をします。表に訪問予定先のクラブ名と予定人数が書いてありますので、参加希望者は名前を書いてください。スナックタイムの終了までにお願いします」

氷谷は銀座スクエアダンスクラブの欄に名前を書いた。企画担当者が、新人は予定してないんですと言ってきた。踊れないと迷惑をかけることになるのだ。それを見ていた新人担当の多々野さんが、氷谷は踊れるから特別に加えてあげれば、と助け船を出してくれた。クラブ訪問の時には講習は終わっているから、と。早い順で氷谷は五人の中に入れた。企画担当者はしぶしぶという顔をしていた。

津根奈のいるクラブはどんなところで、雰囲気はどうなんだろうか。そこに行けることになった。なんだかわくわくする。クラブ訪問の日が待ち遠しい。

氷谷はアパートに帰ると、メインストリームのテキストを開いた。まだ講習の終わっていないコールについて、動きを何度も確認した。そして全体の復習をした。踊れない姿を津根奈に見せるわけにはいかないのだ。

氷谷は血中因子の測定系について検討していた。課長に指摘された反応液にいろんな添加材を加えてみたが、希釈直線性が改善される兆しは無かった。それよりも、他の問題が発生していた。血漿サンプルを冷蔵保存して毎日測定していたのだが、これは測定日による変動を調べるものであるが、測定値が少しずつ上昇する傾向にあった。保存の問題があるようだ。サンプルを小分けして凍結保存し、測定毎に凍結サンプルを取り出し、使い捨てにしなければダメなのだろう。それにしても、なぜ測定値が上昇するのか。血中因子が変化しているらしい。大問題だ。

午後、図書室で細胞実験の専門書を眺めていた。そこに面白い実験法を見つけた。細胞表面のタンパク質に反応するモノクローナル抗体が二種類あったとして、その反応するタンパク質が別々に独立して存在するのか、それとも一つのタンパク質として存在するのかを見分ける簡単な実験例が示されていた。これで高山のモノクローナル抗体の評価ができるのではないか。課長が言っているのは、高山のモノクローナル抗体は既知の活性抗原と反応しているのではないか、ということだ。既知の活性抗原なら市販のモノクローナル抗体が手に入る。それを高山のモノクローナル抗体と比較すればいいだけだ。

終業のチャイムが鳴った。氷谷は椅子から立ち上がり、帰り支度を始めた。

「ええっ、もう帰るの。今日は随分と早いのね。その顔だと、デートかな」

森川さんが笑いながらしっかりと氷谷を観察している。氷谷は自分の顔が緩んでいることに気付き、気を引き締めた。チャイムの音と共に帰るなんて、今まで無かったのだから、目立つのは仕方がない。

「違いますよ。ちょっと用事があるので」

森川さんを煙に巻くと、うさん臭そうな顔の森川さんをしり目に「お先に失礼します」と言って氷谷は事務室を後にした。

地下鉄の駅を降りて7番出口の方向の改札を出た。階段を上がり地上に出ると大きな通りに沿って進み、脇道に逸れてしばらく歩いたところにきらきらプラザはあった。ここが銀座スクエアダンスクラブの例会会場だ。駅から徒歩七分ほどかかった。

正面玄関を入ると左側に下りの階段があり、その回り階段を下りると、地下ロビーにはダンスコスチュームを着た人たちがくつろいでいた。ホール入り口に受付があり、そこで丸のスケからのクラブ訪問であることを告げ、着替えの場所を教えてもらった。中に入ると、丸のスケの根岸コーラーが赤いクラブコスチュームに着替えているところだった。

クラブ訪問をする側はクラブコスチュームを着用する習わしがあるようだ。銀座スクエアダンスクラブでは例会で自由な色や柄のコスチュームを着用している。丸のスケと同じだ。人数も多いので毎週パーティーのようだ。例会でコスチュームを着用するクラブは少ないらしい。人数が少ないとパーティーみたいにはならないからだろう。

コスチュームに着替えた氷谷はロビーに出た。津根奈の姿を見つけ「はーい」と手を振った。

「うそ、なんでここに居るの」

「クラブ訪問」

「もー、いっつも私を驚かせるんだから。どうして連絡してくれなかったのよ」

津根奈はパステルカラーのブルーのコスチュームを着ていた。女性は着ているコスチュームにより印象がガラッと変わる。綺麗だ。非日常を楽しめる女性はいいなあと思った。男性はあまり代わり映えしない。

「だって、連絡して休まれたら、ショックが大きいじゃない。そんなのは困るよ。絶対に涙がぽろりと落ちちゃう」

「馬鹿じゃないの、そんなこと」

「秘密にしておいた方が津根奈さんも喜ぶかなと思ったんだ。ほら、こうして会えたじゃない。秘密作戦大成功。とにかく津根奈さんの居るクラブがどんなところなのか知りたかったんだ」

「もー、ぽんぽんしい」

津根奈が口を尖らせて怒ったような顔をした。そしてくすっと笑った。

時間が来たらしく、コスチューム姿の会員たちがぞろぞろと扉の中のホールに入っていく。氷谷ら丸のスケのメンバーは最後に入った。

銀座スクエアダンスクラブの会長でもある東町コーラーがマイクを握っている。今日は丸の内スクエアダンスクラブの方がクラブ訪問に来てくれました。拍手！　氷谷たちは頭を下げた。

音楽が流れると、会員たちは誘い合ってスクエアセットを作った。津根奈は氷谷を誘ってくれた。日の丸会館に比べて倍近い数のスクエアセットが出来ていた。皆コスチュームを着ているので、例会と言うよりはミニパーティーに来ているような錯覚を覚えた。

「さすが銀座だね、これは凄いわ。これならわざわざパーティーに行かなくてもいいやっていう人が増えたりしないのかな」

氷谷は、ここの例会なら毎週がパーティーだと思った。コールが始まる。

「バウ トゥー ユア パートナー、コーナー トゥー、ヘッズ スクエア スルー フォー、タッチ ワン クォーター、ウォーケン ダッジ、パートナー トレード、パス スルー……」

今日の目的は津根奈と踊ることだった。津根奈の手は温かく、ダンスは楽しい。ブレイクした後で、氷谷は銀座スクエアダンスクラブの人を誘ってセットに入った。そして、コールに合わせ楽しく踊っていた時だった。突然、声が響いた。

「違う、〇〇君、逆、ちがう違う、そっちじゃない、反対、だから逆、あー」

東町コーラーが頭を抱えていた。動作を間違えた人がいるらしい。ホールの中はシーンとしてしまった。壊れたセットを諦め、コールが再開した。ここのクラブは踊りには結構厳しいようだ。

楽しくワイワイという感じではないかもしれない。

何チップか踊った後でミーティングタイムになった。

「ドサドーパーティーに参加したからといって、新人の方は勝手にパーティーに参加しないでください。一年以上踊って踊れるようになってから、つまり人に迷惑をかけないようになってから、パーティーに参加してください」

新人に対して厳しいことを言っていた。でも逆に言うと、パーティーに参加しているこのクラブのダンサーは踊れる人ばかりということになり、踊りたい人には安心して誘えるということも言える。会員数が多いので他のクラブに気を使っているということか。他クラブの人から銀座の人は踊れないと言われたくないのだろう。考え過ぎだと思うが。

「最後に、丸の内スクエアダンスクラブからのお知らせです」

丸のスケの五人は立ち上がり、一列に並んだ。参加者の名前を根岸コーラーが紹介した後、氷谷たちは手分けして案内のチラシを配った。その間に根岸コーラーから、丸の内スクエアダンスクラブのアニバーサリーパーティーが来る十月に行われますので、ぜひ来てください、とお誘いをした。

休憩タイムになり、氷谷は津根奈のところに近づいた。

「上手に踊れていたじゃない」

津根奈にそう言われ、氷谷は嬉しかった。

「ありがとう」

周りの踊れる人に助けられて大きく壊れなかっただけなのだが。恋をすると行動が大胆になるというが、本当だろうか。

「ねえ、帰りに一杯付き合ってくれない？」

「いいけど、お店知ってるの？」

「詳しくはないけど、近くでいいんだ」

氷谷はしどろもどろに答えた。事前に調べておくべきだった。

「ところで、津根奈さんはパーティーに参加してもいいと言われているの？」

「私は二年目だから、もちろんＯＫなんだけど。趣味のクラブでパーティーに参加していいとか、だめとか言われるのは好きじゃないな。だって、パーティーに行って踊れるかどうかなんて、例会で踊っていれば自分で分かることだから」

「それはそうだよね。それにしても、例会で踊れない人がパーティーに行きたいと思うのかなあ。踊れないのに行ってもしょうがないと思うけど。まあ、程度の差はあるんだろうけど」

そこまで言ってから氷谷は、あっと思った。自分のことだ。まだメインストリームの講習が終わって間もないのに、銀座のミニパーティーに来てしまった。人の欠点には気が付くが、自分のことは分からないのかもしれない。恋をすると行動が大胆になるという。本当だ。これは恋だろうか。

「踊れない人を積極的にパーティーに参加させてるクラブもあるんだよ」

津根奈によると、パーティーを経験させて、それが踊りの上達につながると思っている指導者もいるらしい。そうすると、踊れないダンサーが入ったセットは壊れることに。だいたい会場の後ろの方にいる人たちかな。そうすると、ダンスを踊るためにお金を払っているのに、なんで踊れない人の世話を焼かなきゃならないの、っていう不平不満がお姉さんたちから出てくる。その踊れない人たちが銀座スクエアダンスクラブの人たちだったら、他クラブの人はどう思うのか。人数が多くて目立つので、クラブの印象が悪くなると思う。

「そういう意味もあり、踊れるようになってから参加すべきだというのは当然だと思う」

それはそうだと氷谷は思った。聞いていて冷や汗が出てきた。それというのも自分のことだと思ったからだが、津根奈にはバレなかったようだ。

銀座の例会の後半で、丸のスケの根岸コーラーがコールをした。こういうことは、お互いのクラブの交流のために行われているらしい。氷谷には聞き慣れたコールなので、踊りやすかった。

例会も終わり、氷谷は丸のスケの人たちに一人で帰ると告げた。

いらっしゃいませ、という声が飛ぶ。

「氷谷さんって、こういうところに来るんだ」

津根奈は意外そうな顔をして、カウンター席の隣に座った氷谷を見た。

「実はバーは初めてなんだ。でも、ちょっと大人っぽいかなと思って。背伸びー」

氷谷の声に津根奈はくすっと笑った。氷谷は自分の口からとっさに出た言葉に驚いたが、平静を装いメニューを手に取って眺めた。

「先に注文を済まそうか。津根奈さんはどんなカクテルが好きなの？　ぼくはよく知らないけど、どれも美味しいと思うんだ」

「そうね、私も初めてだからよく分からないけど。フルーツ味のものがあるの？　マンゴー？　じゃあ、それを」

「じゃあ、ぼくはハイボールを」

やっと二人きりになれた。津根奈には聞きたいことがたくさんある。でも焦らずに、ここは我慢だ。

「銀座スクエアダンスクラブって、凄いなあ。毎週何でもない日にパーティー状態だね」

「会員の数が多いだけだよ。ただ都心にあるし、仕事帰りに来れるところがいいのかな」

二人の前にカクテルとハイボールが置かれた。

「じゃ、乾杯」

氷谷は津根奈を見つめてから、グラスのハイボールを少し飲んだ。

「あ、これ美味しい」

津根奈はカクテルに口を付けてそう言うと、氷谷にも少し飲んでごらんというように、グラスを氷谷の方へ動かした。

これってもしかして間接キス？　と思いながら促されるままに、でもグラスを回転させ津根奈が口を付けてないところに、氷谷は口を付けた。緊張する。

「ほんとだ。美味しい。お酒じゃないみたい」

氷谷はグラスを津根奈の前に戻した。氷谷の心臓はネズミの心臓かと思うくらい、早鐘を打ち続けていた。なんだかシーンとして、しまった！　何を話せばいいんだ。話そうと思って考えてきたことを、忘れてしまった。

「あの、青山さんのことなんだけど。その、青山さんとは付き合ってるの？」

氷谷は上の空で喋っていた。

「どうして」

「だって、いつも一緒にいるみたいだし。それに、入社した時は結婚相手がいたのに、別れたっていうし。青山さんとは入社の時から接点があって、同じダンスを踊っているし」

「私が青山さんと会っちゃいけないって言うの？　私のことを変な目で見ていたの？」

津根奈は明らかに気分を害したという風だった。

「そうじゃないよ。でも、もし付き合っているんだったら、ぼくが津根奈さんを飲みに誘ったりしたら迷惑かなと思って。いや、違うよ。ほんと、迷惑かけたくないだけなんだ」

氷谷はなんだか嫌な雰囲気になってきたことが心配だった。

津根奈は少し髪の毛を撫でて考えるような仕草をしてから、氷谷の目を見つめた。

「こうしてバーに並んで座っているからって、私と氷谷さんは付き合っているわけじゃないでしょ。それなのに私が青山さんと二人でバーに行ったら、私は叱られるの？」

津根奈は悲しそうな顔を氷谷に向けた。

せっかく楽しい時間を過ごそうと思っていたのに、なんでこんなことになってしまうんだろう。

「いや、違うよ。そうじゃなくて、津根奈さんは自分の好きなように行動していいんだ。もちろん青山さんと会うのも自由だよ。ただ、ごめん、なんか凄く気になってしょうがないんだ」

しばらくの間、静寂が辺りを支配した。自分はいったい何をやってるんだろう。津根奈と一緒の時間を楽しみたかっただけなのに。こういうことは苦手なんだ。やっぱり自分には似合わない。

津根奈の口からふっと息が漏れた。

「正直に話してくれてありがとう」

そう言って津根奈はハンドバッグから財布を取り出した。

「やめてよ、お願いだから」

氷谷はあわてて言った。ほとんど叫んでいた。

「誘ったのはぼくだよ。払う義務はぼくの方にあるんだから」

氷谷の必死な様子に同情したのか、津根奈の表情が穏やかになった。

「分かった。私の方こそごめんなさい。ごちそうさま」

津根奈は席を立つと、氷谷の肩を手で優しくぽんぽんと叩いた。それで怒っていないと感じた。ただ嫌われただけだ。そして彼女は店を出て行った。淋しい。悲しみよ、こんにちは。


次の日、始業前の事務室で、氷谷はコーヒーを飲みながらメールのチェックをしていた。津根奈からのメールは無かった。

「ねえ、氷谷さん。昨日のちょっとした用事はどうだったの。うまくいってるの」

森川さんの声に、うるせえなあと思いながらも、用心しないと全て見透かされてしまうことが分かっていたので、平静を装った。

「ええ、まあ、予想よりはいい感じでした」

氷谷は研究室に入り、日差変動のデータ取りのために血漿中の血中因子を毎日追跡測定していたが、やはり測定値は少しずつ上昇していた。どうもうまくいかない。保存血漿の中で血中因子が増えるわけがない。どういうことだろう。もう津根奈には会えないのだろうか。嫌われているよな。ダメだ、集中できない。いったい何やっているんだ。

午前の仕事を終え、社員レストランに入った。昼食を済ませてテーブルの端でぼーっとしていると、角の位置に森川さんが来て座った。

「ほら、やっぱり何かあったんでしょ。分かるもの。本当はデートだったんでしょ」

何でも知っているお姉さんには話してしまいたい、とっさにそう思った。

「津根奈さんに振られました」

氷谷は言ってしまった。もうやけくそだった。

「うそ、津根奈さんといつの間にそんな仲になってたのよ。いったい何があったの」

氷谷は昨日のバーでのやり取りを話した。青山のことも。

「氷谷さんはちゃんと自分の気持ちを伝えたの?」

氷谷が答えないので、森川さんは少し考えてから、知っていることを話してくれた。

「津根奈さんって、今風の軽い女に見えるでしょ。多分いろんな男が言い寄ってくるから。だけど、私には古風な女に見えたわ。真面目に考えているのよ」

森川さんによると、津根奈は男を立てることを知っているという。

「大切にしているものもある。そこを男の勝手にはさせないという意志の強さも感じた。女の私から見てもいい女だと思う。もっと津根奈さんのことを信じてあげないとだめだよ。心の大きい人でないとあの人には釣り合わないと思う」

それはそうだな、と氷谷は思った。自分は心が大きい人物だろうか。そんなことはない。心が狭い方に入るだろう。自信などあるわけがない。心の中の風船はしぼんでしまった。信頼されているとはとても思えない、こんなちっぽけな存在の男が。何を悩むことがあるんだろう。始まる前に、何もかも終わってしまっているかもしれないというのに。

そういえば、こんなことを聞いたことがある。終わってしまえば女は決して振り向かないが、男は終わった後で振り向き追いかける。分かる気がする。今の氷谷がそうだ。図星だ。アー。もう終わってたんだ。氷谷はがっくりと肩を落とした。

「報告会の資料の締め切りは今週末よ」

森川さんに言われ、氷谷は席を立った。そして事務室に向かった。

津根奈はしょせん高嶺の花なのだ。普通なら会うことも叶わないのに、お話しすることもできた。それで十分じゃないか。自分は恋愛には向いていない。仕事に専念しよう。

血中因子の測定値が上昇することについて考えた。測定値の上昇と、血中因子が増えていることとは結びつかない。上昇しているように見えるだけだ。サンプルは冷蔵保存している。血中因子はタンパク質だ。アミノ酸が一列に連なっており、それが折りたたまれて三次元の立体構造を形作っている。冷蔵保存するうちに、この立体構造が壊れてきているのではないか。変性する、傷むということだ。そうすると、本来は立体構造の中に隠されていたアミノ酸配列が外にむき出しになる。タンパク質の立体構造の内部は疎水性といって水よりも脂肪に親和性が高い。そういう部分には抗体ができやすい、専門書にはそう書かれている。つまり血中因子というタンパク質の立体構造が壊れ、内部の疎水性部分の露出が増えることで、その部分に対する抗体の反応も増えることになる。ウサギの抗体はポリクローナル抗体だから、血中因子のいろんな部位に反応する抗体が混在しているのだ。測定値が上がるのはそのせいだ。これでは、タンパク質が徐々に壊れています、とただ言っているだけではないか。ということは、免疫に使った標準品も立体構造は自然体ではなくいくらかは壊れていたと考えた方が正しいのだろう。なるほど、そう考えれば納得がいく。自然のサンプルを測定するというのは難しいことだと思った。壊れていない状態で測定するか、全て壊れた状態で測定するか。状態を揃えるためにはタンパク質を変性させるしかない。サンプルの前処理が必要か。だっせー。やっぱりモノクローナル抗体だ。

月度報告会の日だ。村上課長が司会役で、山岡部長が様子を見に来ていた。

最初は森川さんから結果が報告された。資料の図と表には綺麗なデータが示されていた。

「だいたい、できているようだな。後は、干渉物質の影響と特異性の有無とか、残りの検討を引き続き進めてください」

村上課長は満足そうな表情だった。

「では、高山君」

「はい、課題の反応ですが、詳しくは資料に示しました。だいたい結果は表に示した通りです。測定値も示してあります」

「測定値は3ということですか」

氷谷は高山に質問してみた。

「はい、だいたい3です。」

高山は実験ノートをめくっていた。

「だいたい3って、ゆとり教育じゃないんだよ。正確な数値はどうなんだ」

村上課長は貧乏ゆすりをしていた。イライラしている証拠だ。

「課長だって、だいたいとか言ってましたよ」

高山は不満そうな顔をした。

「それとは意味が違うだろ。正確な数値を聞いているんだ」

「えー、だいたい、だいたい……」

「もういいよ、高山君」

村上課長の貧乏ゆすりがますます大きくなった。どうしよう。氷谷はそっと手を上げた。

「あの、ちょっと高山さんのモノクローナル抗体の反応性について調べました」

「では、氷谷君。資料はあるのかね」

氷谷はコピーした資料を配った。

「高山さんが開発したモノクローナル抗体について、村上課長はあのよく知られた活性抗原に反応しているのではないか、と発言されてました。それについて調べました」

そして氷谷は説明を始めた。原理は簡単だ。リンパ球の表面のタンパク質に抗体が反応してくっつく。それを37℃で保温すると、抗体のくっついたタンパク質は細胞の表面の一か所に集まる。さらに保温を続けると細胞の中に取り込まれ、細胞表面から消える。

そこで、リンパ球の表面に活性抗原を発現させ、それに対する市販の蛍光標識モノクローナル抗体を反応させる。蛍光顕微鏡で観察すると、細胞全体が光って見える。細胞表面全体に存在していることを示している。この細胞を37℃で保温して蛍光顕微鏡で観察すると、細胞の一か所に蛍光が集まっていた。それとは別に、高山のモノクローナル抗体をリンパ球に反応させ、37℃で保温する。すると、高山のモノクローナル抗体とくっついた細胞表面のタンパク質は、細胞の一か所に集まることになる。その細胞に既知の活性抗原に対する市販の蛍光標識モノクローナル抗体を反応させる。それを蛍光顕微鏡で観察すると、蛍光が見られたのはこぶ状になった細胞の一部に限定されていた。

「以上より、高山さんのモノクローナル抗体は、よく知られた活性抗原に反応しており、したがって同じ活性抗原に対して、市販のモノクローナル抗体の反応部位とは異なる部位に反応している可能性が高いと考えられます」

氷谷の説明が終わると、村上課長は高山の顔を見た。

「これについて、高山の意見は？」

村上課長の問いかけに高山はだんまりを決め込んでいた。

「横野はどうだ、何か意見は」

横野も黙ったままだった。

アメリカの研究室では自由な討論があると聞くが、日本ではそれが無いようだ。皆は頭が良く、つまり計算高いということだから、自分の利益にならないことは喋らないのだろう。これじゃあいいのか悪いのか、議論が深まらないじゃないか。どよーんとした空気が辺りを支配していた。

高山から見れば、いつまでたっても氷谷はよそ者なのだろう。

「じゃあ、次に進みます。氷谷君」

氷谷は血中因子の測定系について、冷蔵保存していた血漿サンプルを追跡測定したところ、測定値が上昇していることを説明した。ウサギで作製した抗体には、測定対象タンパク質の自然な構造の外側に反応する抗体だけでなく、立体構造が壊れてむき出しになった内部のアミノ酸配列に反応する抗体も含まれる可能性について説明した。結論として、保存血漿中の血中因子のタンパク質が徐々に壊れている。抗体の反応性が上がるのはそのせいだ。測定対象物の量の変化ではない。

「うーん、これは筋が悪いねえ。抗体の問題だよ。いや、待てよ。免疫に使った血中因子は変性していないのを確認してるのか?」

山岡部長が氷谷の顔を見た。

「いえ、純品ということでしたので……」

氷谷は小さな声で答えた。これでは高山と同じではないか。くそっ。

「なんだよ。それじゃあ抗体も血中因子も中途半端じゃないか。しょうがないなあ。だったら村上君、検査部から検討依頼が来ていただろ。それを先にやってもらったらどうだ」

山岡部長の話を聞いて村上課長はうなずいた。

「じゃあ、一旦ここまでの内容を手短に報告書にまとめてください」

「はい、分かりました」

氷谷の後は横野が報告を始めた。

月度報告会が終わった後、高山が氷谷に話があるという。研究室で二人だけになった時、

「何を勝手なことをしてるんだよ。だいたい中途採用の分際で」

そう言うと、高山が怖い顔をして氷谷を睨んだ。

「中途採用は関係ないじゃないですか。高山さんがやらないから代わりに私がやっただけです。モノクローナル抗体は貸してくださいとちゃんと言いましたよ。言いたいことがあるんなら、報告会で皆の前で言えばいいじゃないですか」

氷谷は高山に負けるつもりは無かった。

「覚えてろよ。後でどうなっても知らないからな」

高山は捨て台詞を残して研究室から出て行った。

氷谷は事務室に戻ると、直ぐに血中因子の測定系についての検討報告書を書き始めた。図や表は既に作ったものがあるので、それをまとめ直すことにした。報告書は、まず、はじめに、そして材料、試薬、抗体の作製、抗体の精製、酵素標識法、測定法の組み立て、などについて書き進めていった。これは失敗作なので早く書き上げなければならない。次の仕事が待っているのだ。

日曜日の朝早くに目が覚めた。丸のスケの創立記念パーティーであるアニバーサリーを来月に控え、氷谷は初心者向けではない普通のパーティーを経験しておきたいと思っていた。今日はあ

るクラブのアニバーサリーがある日だ。嫌な印象が残った背の高い女がいるあのクラブだ。誰が行くものかと何度も思ったが、考えること自体が意識のしすぎであることは分かっていた。氷谷は身支度を済ますと、アパートを出た。

アニバーサリー会場の最寄り駅の改札を出たところに、コスチューム姿の女性が立っていた。氷谷の前を行くパニエバッグを持った女性たちが「おめでとうございます」と女性に挨拶している。コスチューム姿の女性も「ありがとうございます」と挨拶していた。氷谷も同じように挨拶して女性の前を通り過ぎた。ここから歩いて十分ほどのところにパーティー会場はあるという。

会場入り口には、スクエアダンスクラブのアニバーサリーと書かれた看板が立てられていた。コスチューム姿の女性が来場者に「おはようございます」と挨拶をしていた。氷谷は、他の人皆と同様に「おめでとうございます」と言って中に入った。

受付横のコーナーで所属クラブと名前を参加申込書に記入し、参加費と共に受付に渡した。そして、プログラム表の紙片と、参加証の代わりの安全ピン付きリボンを受け取った。あの背の高い女は見かけなかった。男性更衣室に入ると、丸のスケの人も来ていることが分かった。今日はクラブコスチュームを着ているのは主催クラブの会員だけで、他の参加者は一般のコスチュームを着ている。所属クラブをはっきりさせるために、クラブバッジを付けるのが礼儀だと言われている。

ホールに入ると、壁際にずらりと並んだ椅子に思い思いに座って談笑している女性たちの姿が見える。男性の数は少なかった。こういう時は、知っている人に挨拶するのだが、あいにく丸のスケの人しか知らない。丸のスケの人が何人か集まっているところへ行ってみる。新人の若山が奥さんと一緒に座っていた。

「おはようございます」

氷谷は声をかけた。奥さんと一緒だと心強いですねと言おうとしてやめた。

「夫婦で同じ趣味というのもいいですね」

「ゴルフはお金がかかるけど、パーティーは一日遊んでも安い。いい趣味だと思うよ」

「ゴルフもやるんですか」

「最近はほとんど行ってないけど、以前はよく行ったよ」

丸のスケには夫婦で会員になっている人が多い。毎週例会に行き、月に一回はパーティーに参加するというのは、趣味の生活としては悪くないなと思った。

もうすぐ十時になる。ダンサーはスクエアセットを作り始めていた。踊りたい人をさっと誘ってホールの中ほどへ飛び出していく。あちこちのセットで手を上げている。まだ空いてますよ、というカップル募集の合図だ。氷谷はそんな風景を椅子に座って観察していた。ドサドーでない初めてのパーティーだ。

時計の針が午前十時を指した。ステージ上ではコーラーがマイクの音量テストを終了したところだ。扉が閉まる直前にするりと入ってきた女性が見えた。氷谷はその方向をじっと見ていた。扉はその後ろで閉じられた。

「おはようございます。今日はアニバーサリーパーティーに参加いただきありがとうございます。では、曲をかけます。まずは足慣らしから」

主催クラブのコーラーがマイクで挨拶した。曲がかけられコールが始まった。

最後に入ってきたのは津根奈だった。津根奈も氷谷に気付いたようだ。ホールの脇を通り、氷谷の方に歩いてくる。心臓が高鳴る。顔が熱くなった。氷谷は立ち上がると、急いで彼女に近づいて行った。

「先日は、どうも」

気の利いた言葉が出てこない。氷谷は津根奈に少し頭を下げた。

「どうも」

津根奈も無表情に返事を返すと、氷谷を見てぷっと吹き出した。

そして手荷物を壁際の椅子に置くと、「踊ろう」と言って氷谷の手を取った。氷谷は津根奈と手をつないだまま、ホールの後ろの方で空いているスペースに進んだ。二人で並んで立ち手を上げると、カップルが集まってきて八人のスクエアセットが出来た。コールの途中なので、切りのいい時を待つ。アレマン レフト、グランド ライト アンド レフトというコールが聞こえた。ここが区切りだ。ダンサーが最初のスクエアセットの位置に戻ったところで次のコールを聴き、そこで動き出す。

「ヘッズ パスジ オーシャン、イクステンド……」

コールと共に踊り出した。悩んだけれど、来てよかった。津根奈と踊れるなんて思ってもみなかった。嬉しい。しかし、幸せな時間は長くは続かない。途中から入ったので、コールは直ぐに終わってしまった。次のシンギングを踊り、最初のコーラーのチップはブレイクとなった。八人の輪の中に右手を伸ばして「サンキュー」と声を出した。

「途中からだったので、次も踊りましょう」

津根奈にそう言われ、もっとコーラーに近い前の方に、二人で手をつないで移動した。運良く空いているセットに入れた。津根奈はプログラムの紙片を取り出して見ている。氷谷はドサドーパーティーしか経験していないので、コーラーのことはよく知らない。

「次のコーラーのコールは聴きにくいかもしれないよ」

津根奈によると、そのコーラーの発音がネイティブっぽいので、初心者の日本人には聴き取りにくいかもしれないという。ネイティブとは違うけど、ぽいのだと。

コーラーが紹介された。曲が流れコールが始まる。

二人が入ったスクエアセットは、たまたま上手なダンサーばかりらしかった。経験の少ない氷谷がよく聴き取れなくても、周りの動きに合わせて動けたので、セットは壊れずに済んだ。コールは終わり、ブレイクになった。

「ちゃんと踊ってたじゃない。新人でそこまで踊れれば凄いよ」

津根奈は氷谷と一緒に壁際の椅子に座った。

「いや、何を言ってるんだかよく聴き取れなくて。ラタレスー？　何のことか本当に分からなかった。でも、ライト アンド レフト スルーっぽいなって」

氷谷は英語のヒアリングは苦手だ。本当に他の人は聴き取れているのだろうか。

「ああ、あれは確かに聴き取りにくいよね」

津根奈によると、英語っぽい発音の人は、確かに何を言ってるんだか分からない人がいる。でも、いろいろパーティーに行って経験すると、雰囲気で分かってくる。例えば、ラタレグランって聴こえる。これはライト アンド レフト グランドだけど、その直前にあのコーラーはヘイヘイって言う癖がある。だから、あ、ここで来るぞって分かりやすい。

津根奈にも分かりにくいとなると、本当に分かっている人はどれだけいるのだろう。

「そういえば言ってた、ヘイヘイ！　でも、講習ではグランド ライト アンド レフトって習った気がするんだけどな。なんで言い方が違うんだろう」

氷谷は不満だった。専門用語ならいろんな言い方があるのはまずいと思う。

「英語っぽい発音のコーラーはラタレグランって発音するけど、ジャパニーズ英語の人はグランド ライト アンド レフトってコールする。それは、ダンサーがライト アンド レフト スルーと間違えないように『グランド』を頭に持ってきているんだと思う。日本人にはライト アンド レフト グランドを早口で『ラタレグラン』って言うのは難しいから。でも日本人相手なんだから、日本人に分かりにくいコールをして何の意味があるんだろうと思うけど」

さすが津根奈だと思った。彼女とはそこで別れた。本当はずっと津根奈と踊っていたかったのだが、いろんな人と踊る決まりがあるみたいで、同じ人とずっと一緒に居るのは許されないような気がしたのだ。これがマナーなのだろうか。知らない人と踊ることが。それで楽しいのだろうか。にこりともしないで。長老は黙っていてはだめだと言っていた。何を話せばいいのだろう。

氷谷はホールを出てスナックルームに入った。始まったばかりなので、あまり人はいない。ドリンクやお菓子などが用意されていた。ドサドーパーティーではこういうスナックは無かった。紙コップにマジックで名前を書き、ドリンクサーバーから冷たいお茶を入れた。テーブルの上にはお菓子の入った紙皿が間隔をあけて置かれている。その奥にはソファや、テーブルと椅子が並んでいて、昼食会場になっているらしい。

ホールに戻ろうとした時、大勢の人がホールから出てきた。ダンスがブレイクしたらしい。

ホールに入り、椅子に座っている女性に「踊りませんか」と誘ったら、プラスは踊れませんと言われた。ステージの方を指差すので見たら、次はPと表示されていた。氷谷が踊れるのはメインストリームまでで、Pはプラスといってその上のレベルになる。それで踊れない人が休憩にどっと出たのか。氷谷は椅子に座って見学することにした。

ダンスが始まったのでコールを聴いていると、確かに聴いたことのないコールだった。メインストリームまでは周りの人が同じような動きをするが、上のレベルに行くと、それぞれ動きが違ってくるようで、周りを見ても分からない感じだ。

プログラムにメインストリームはMSと表示される。それを確認して女性を誘うことにした。いくつか踊った後で、昼時間が近づいてきた。プログラムを見ると、昼時間は休憩ではなく、ちょっと難しいMSとかPが並んでいた。ベテラン向けの時間になっているらしい。氷谷にとっては休憩タイムだ。

氷谷はおむすびの入ったコンビニ袋を更衣室に取りに行き、ホールに戻って津根奈が手荷物を置いた椅子の近くで踊りがブレイクになるのを待った。ダンスがブレイクになり、津根奈が戻ってきたので、お昼に誘った。二人でスナックルームに入り、奥のソファとローテーブルの席に向かい合わせで座った。

「自分のクラブのパーティーなのに、ここのクラブの人はほとんど踊ってなかったね」

氷谷は疑問に思ったことを聞いた。

「そうね、ここのクラブのパーティーに来てもらって踊りを楽しんでもらうことが目的かな。このクラブの人たちは裏方に徹しているから。主催クラブの人が踊って楽しむパーティーではないよね」

津根奈もその点は認めざるを得ないようだった。

「でも来てくれたら、そちらのクラブのアニバーサリーには参加させてもらいますよという、持ちつ持たれつの関係があるのよ」

さすが二年目ともなれば、いろんなことを知っているなと思い、津根奈を見た。

「初めてのパーティーだから、やっぱり緊張するね」

氷谷はペットボトルのお茶を飲んだ。

「氷谷さんは上手に踊ってたじゃない。パーティーでいっぱい踊れば緊張しなくなるよ」

津根奈は優しい。そう見えていたとしても、よく分からずに動かされていただけなのに。

「先日のことだけど、ごめんね。他人のことなんか気にして。津根奈さんに嫌な思いをさせてしまった。でも、そういうの、気にするのはもうやめたから。大切なのは津根奈さんの気持ちだってことが分かったんだ」

津根奈は戸惑ったような表情を見せた。

「私の方こそ失礼な態度だったかも。ちゃんと話してなかったから」

氷谷は津根奈が何かを話してくれるのかな、と思った。

気が付くと、今日は来ていないと思っていた青山が、なぜか二人が座っているソファの横に立っていた。

「いやー、遅くなっちゃって。ここいいかな」

そう言うと、青山は津根奈の隣に並んで座った。そして、コンビニの袋から弁当を取り出した。

「遅かったじゃない。どうしたの。今日は来ないのかと思った」

津根奈は嬉しそうに青山の顔を見た。

「来ないわけないだろ。ちょっと仕事が忙しくて、疲れが溜まってしまって。なーんちゃって」

そう言うと、青山は声を上げて笑った。津根奈は青山が持ってきた弁当を見てあきれた。

「また海苔弁買ったの？　もっと栄養のあるものを食べなさいよ」

「あ、そのウインナー美味そう。一つもらおっと」

「ダメだよ、あげないもん」

津根奈と青山は二人で楽しそうにきゃっきゃとはしゃいでいる。

氷谷はあっけに取られて見ていた。青山が座った場所は、本当は氷谷自身が座りたかった場所なのだ。並んで座ると恋人座りとか言われるから遠慮したのに。どうして青山はこうも馴れ馴れしくできるんだろう。頭にくる。でも、もう青山のことは気にしないと、さっき津根奈に言ったばかりだった。津根奈にとって大切な人だというなら、それなりに接しなければならない。大人の態度を示さなければ。

「今日は遅かったんですね」

氷谷は別に知りたくもなかったが、大人として聞いてみた。

「俺もいろいろあってさ。忙しいんだから。でもパーティーには出なくちゃと思ってる」

青山は氷谷にではなく、津根奈に向かって話していた。

「仕事にばっかり無理しちゃダメだよ」

津根奈は青山を気遣うと、自分で作ってきたと思われる弁当を箸で口に運んでいた。

氷谷は、なんだか自分独りだけ気づまりな雰囲気になっている。津根奈は氷谷が居ることで、逆に青山を意識しているのだろうか。氷谷は何とかしたいと思った。

「青山さんって、好きな女性のタイプはどんな人ですか」

氷谷は唐突に聞いてみた。

「どんなタイプって、そりゃ可愛くて綺麗な女性かな」

青山は聞くまでもないという表情だった。

「それじゃ身も蓋もないじゃないですか」

「氷谷さんの好きな女性のタイプはどうなんですか」

突然、津根奈が聞いてきた。

氷谷はちょっと考えてから、学生時代だったらこう答えていたな、と思い出した。

「好きなタイプは、踊り子、歌姫、絵描き、物書き。学生時代のことだけどね」

「今は違うの？」

津根奈が氷谷の顔を覗いている。

「だって、そんなの現実にはあり得ないじゃないですか。自分の周りにそんな人は居なかったし。今思うと、若者のよくやる現実逃避の言い訳でそう考えていただけなのかもしれない」

「そうなの？　なーんだ」

津根奈はちょっとつまらなそうな顔をした。

「津根奈さんは踊り子なのにさあ、そういう言い方は違うんじゃないの」

青山が氷谷を睨んだ。

「いや、そういう意味じゃなくて、プロの人という意味で言ったんだけど。そうでないと、うーん、今日パーティーに来ている女性はみんなタイプだということになっちゃうし」

氷谷は話しながら、何を言い訳しているのか分からなくなっていた。青山はもう話を聞いていない感じだし。何やってるんだろう。津根奈と一緒に居たいだけなのに。

午後のパーティーで、氷谷は若山の奥さんを誘った。見学会の時に最初に誘いに来てくれた女性だ。スクエアセットを作り、コールを待つ。

コーラーの紹介があった。外国人みたいにファーストネームが欧米のカタカナ名だった。ルー大柴のような。昭和かよ。トゥギャザーしようぜ、イェーイ。

「では、早速始めましょう。バウ トゥー ユア パートナー、コーナー トゥー、ヘッズ リードライト……」

慣れないと聴き取りにくい発音だった。それに、基本的な動きというよりは、応用編的な動きが入っていた。いつもなら右手同士でパートナーと手を取るオーシャン ウェーブの隊形なのだが、左手のオーシャン ウェーブになっている。

「センター」スイング スルーとコールが掛かったが、氷谷にはうまく聴き取れず、意味がよく分からなかった。動きが止まって、引っ張られるように動かされた。周りを見ると、壊れたセットがいくつかあった。

テキストには基本形しか載っていない。しかし、パーティーで踊れるためには、応用もできなければならない。だからパーティーに参加して応用的な動きに慣れましょうということなんだ。テキストに全ての応用的動きが載っていれば、理解しやすいのだが。

ブレイクした後に若山さんに聞いた。何とかスターのスイング スルーって、何か分からなかったと。左手のウェーブの時、と言うと、ああ、あれは「センター スタート」と言ってたんだと教えてくれた。別にあえて言う必要はないけど、英語の分かる人には言ってもらった方が分かりやすい、その程度のことらしい。スイング スルーは右手から始まる原則がある。右手のウェーブの時はパートナーと右手をとっているから、パートナーと半回転するところから始まる。でも左手のウェーブの時はパートナーと左手を取っているので、パートナーではない右手を取っている人、つまりセンター同士が半回転するところから始まる。ただそれだけのこと。そうか、そういう余計なこともコールの中では喋っているのか。余計なことは言わないでくれた方が氷谷には分かりやすいのに、と思った。

英語の使い過ぎをするなら、スクエアダンスの初心者講習会の募集要欄には、英検何級以上とかTOEIC何点以上という風に明記すればいいのにと氷谷は思った。いやいや、中学英語ですからと言われるかもしれない。黙っていることにしよう。

その後氷谷は、女性を誘って何回か踊った。その後で椅子に座って見ていると、丸のスケの女性のうち何人かが椅子に置いていた手荷物を持って、ホールの出口に向かって歩き出した。もう帰るのだろうか。まだ三時前だ。パーティーは午後四時まである。氷谷は立ち上がって、彼女らに近づいて声をかけた。

「あれ、もう帰っちゃうんですか」

「私たちはね、ご飯の支度をしなきゃならないの。休みなんてないのよ」

そう言われて、氷谷は反論できなかった。反論するつもりもないが、ご飯を作らない日があってもいいのに、と思う。「飯はまだか」なんて言う男性がまだ居るのだろうか。昭和の世じゃあるまいし。こういう時に夫婦で同じ趣味だと、帰りにどこかで食べて帰ろうか、という話になると思うのだが。若山さん夫妻はまだ残っている。最後まで楽しんだ方が絶対にいいと思った。

パーティーも終わり、津根奈をお茶にでも誘いたかったが、姿が見えなかった。やっぱり約束しておけばよかった。


週明けの朝、事務室でメールをチェックした。お話が中途半端になってしまいごめんなさい、という津根奈からのメールが届いていた。まあ、青山の前では二人の話はできないので、しょうがないのだが。津根奈が氷谷のことを気遣ってくれているのが嬉しかった。津根奈とはまだ終わっていないんだと思えてきた。心の中の風船がピクピクしている。


氷谷は血中因子の測定系の検討報告書を村上課長に提出した。完成しなかったので中途半端のままで、この課題は終わることになる。村上課長から、次の課題が出された。

「部長から話のあった検査部からの検討依頼の件だが、この項目のキットについて、検査部で問

郵 便 は が き

料金受取人払郵便

新宿局承認

2524

差出有効期間
2025年3月
31日まで
（切手不要）

1 6 0-8 7 9 1

1 4 1

東京都新宿区新宿1－10－1

(株)文芸社

愛読者カード係 行

お名前《ふりがな》		明治 大正 昭和 平成 年生 歳	
ご住所《ふりがな》	□□□-□□□□		性別 男・女
お電話番号	（書籍ご注文の際に必要です）	ご職業	
E-mail			
ご購読雑誌(複数可)		ご購読新聞 新聞	

最近読んでおもしろかった本や今後、とりあげてほしいテーマをお教えください。

ご自分の研究成果や経験、お考え等を出版してみたいというお気持ちはありますか。

ある　　ない　　内容・テーマ（　　　　　　　　　　　　）

現在完成した作品をお持ちですか。

ある　　ない　　ジャンル・原稿量（　　　　　　　　　　　　）

書　名				
お買上書　店	都道府県	市区郡	書店名	書店
			ご購入日	年　月　日

本書をどこでお知りになりましたか?

1.書店店頭　2.知人にすすめられて　3.インターネット(サイト名　　　　　)

4.DMハガキ　5.広告、記事を見て(新聞、雑誌名　　　　　)

上の質問に関連して、ご購入の決め手となったのは?

1.タイトル　2.著者　3.内容　4.カバーデザイン　5.帯

その他ご自由にお書きください。

(　　　　　)

本書についてのご意見、ご感想をお聞かせください。

①内容について

②カバー、タイトル、帯について

弊社Webサイトからもご意見、ご感想をお寄せいただけます。

ご協力ありがとうございました。

※お寄せいただいたご意見、ご感想は新聞広告等で匿名にて使わせていただくことがあります。

※お客様の個人情報は、小社からの連絡のみに使用します。社外に提供することは一切ありません。

■書籍のご注文は、お近くの書店または、ブックサービス(0120-29-9625)、セブンネットショッピング(http://7net.omni7.jp/)にお申し込み下さい。

題点の詳細を聞いてから検討してほしい」

「はい、分かりました」

こういう課題は初めてだった。これで正式に検査部に行って話が聞ける。

検査部では、午後は検査結果が出て報告作業がある。確か四時の締め切りだ。それまでは検査業務の邪魔をしてはいけない。その時間帯は遠慮することにして、問題の項目の測定法について図書室で調べておくことにした。

ビーズ法。真珠玉のような大きさのビーズの表面に抗体がくっつけてある。プラスチックチューブにサンプルの血清を入れ、そこにＲＩで標識された抗体液を加える。ＲＩとはラジオアイソトープのことで、放射性のヨウ素で標識されている抗体ということになる。ヨウ素が使われるのは半減期が短く処理しやすいからだ。チューブを撹拌し、そこにビーズを一個入れる。そして冷室で一晩静置する。翌日、チューブからサンプルと抗体液を吸引除去し、水を加えて吸引除去することでビーズを洗浄する。ガンマカウンターで放射能を計数する。サンプルと同時に標準品を数点測定し、同じように反応させる。ビーズを洗浄後、放射能を計数し、計数値から標準曲線を描く。サンプルの計数値を標準曲線に当てはめることで、未知のサンプルの測定値、つまり濃度が求められる。とても簡単な測定法だ。これは凄いと思った。何が問題なのだろう。

午後四時過ぎに検査部に行った。ＲＩを使用する場所では白衣ではなくて黄衣を着る。担当者に話を聞いたところ、検体の中にはとんでもなく高い濃度のものが存在するらしい。そして、濃度が標準曲線の上限を超えると、計数値は下降線をたどり、正確な濃度が測定できないという。縦が放射能の計数値、横が濃度とすると、山の頂上を超えるようなとんでもない濃度のサンプルの場合には、濃度が高いほど計数値は低くなる。つまり実際よりも低い測定値が得られることになる。したがってキットの説明書にある標準曲線は上限まで使えないことになる。実際には半分以下の狭い範囲までしか使っていないという。その狭い範囲を超える測定値の検体が出た時には、サンプルを十倍、百倍に希釈して再検査しているという。上限を超える高濃度検体が存在する可能性があるためだ。再検査するとなれば、報告日が一日遅れる。十倍希釈して測定し、それでも範囲を超える場合は再度百倍に希釈して再検査する必要がある。そうすると、報告日がさらに一日遅れる。遅れは許されないので、一度に十倍希釈と百倍希釈の二本立てで再検査を行っているということだった。

これらは測定値に希釈倍率を掛けて最初の測定値と比較するのだが、確かに濃度が上昇しているものがあるという。このキットにはビーズが百個入っている。再検査でビーズをさらに二個使うというのはコストがかかることになる。しかもとんでもない高濃度の検体にそんなに頻繁に出くわすわけでもないようだ。つまり、希釈再検査をしても、最初の測定値で問題ない場合が多いらしい。結果として多くの希釈再検査は無駄になる。無駄なコストがかかっていることになる。

確かにこれは大問題だ。コスト削減の検討というわけだ。

そこで、この担当者が検討したのは、ビーズとサンプル血清をまず反応させ、ビーズ洗浄後に標識抗体を反応させるという方法だった。普通の測定系というものはこういう形をとる。反応温度や時間、反応中の静置もしくは撹拌などの条件を検討したらしいが、うまく行かなかったようだ。高濃度検体を見逃すことは無かったが、サンプルと標識抗体を別々に反応させる方法では、なぜかシグナルが低かったという。そうすると陽性と陰性の判別で不利な状況になる。それでは検査の精度が落ちるので行き詰まりになったという。

貴重な話を聞くことができた。後はどのように検討するかだ。検討用のキットは検査部から提供される。検討は検査部の場所を使わせてもらうことにした。放射能を扱う場所は決められているのだ。研究部は検査部のお助け隊でもある。信頼されていればの話だが。問題を解決できなければ、研究部不要論が直ぐに飛び出す。責任重大だ。

土曜日の晩、丸のスケの例会に出かける。日の丸会館の地階ホールは今日も華やかなコスチューム姿の女性たちで賑わっていた。

「他所のクラブのアニバーサリーに行ったんですか」

氷谷の姿に気付いたのか、黒木さんが近づいてきた。若山さんに聞いたのだろうか。

「なかなか楽しかったですよ。ただ、コーラーに慣れてないと聴き取りにくいコールもあって、けっこう難しかったな」

氷谷は難しかったことを強調したつもりだ。

「すごい、もうパーティーで踊れるなんて。それで、背の高い女性とも踊ったんですか」

黒木さんは、クラブ訪問で来た女性のことを覚えていたからなのか、そう聞いてきた。

「それが幸いというか、見かけなくて。アニバーサリーって、自分たちのためのパーティーじゃないみたいでしたね」

「え？　もうパーティーで踊ってるんですか。すごい。私なんかとてもとても」

近くで聞いていた奥山さんもそう言って氷谷をおだてた。

例会が始まった。曲が流れスクエアセットを作る。いつも壁を背に立っている女性がいる。いわゆる壁の花という存在だ。他の女性は積極的にパートナーを誘って踊っているが、その女性が自分から相手を誘いに行く姿を見たことがない気がした。女性が誘われずに立っているのは良くないと思い、氷谷はこれまでにも誘ってきた。そして今日も誘った。

ダンスが終わった後で、氷谷はその女性に聞いてみた。

「どうしていつも自分からは誘わないんですか」

「だって、誘うのは男性の役割でしょ」

そう言われれば、その通りかもしれないと氷谷は思った。

「でも、どっちかというと女性の方が積極的に誘ってますよ」

氷谷の問いかけに、うるさいなあという顔で何も知らない氷谷に世界のルールを教えてくれた。

「それは、日本の方がおかしいのよ。アメリカでそんなことをしたら、ヤバい女だと思われるわよ」

アメリカを持ち出されても困るが、アメリカ発祥のダンスだから、礼儀作法もアメリカがスタンダードなのだろう。そう考えれば男性の役割が女性を誘うことだとすれば、女性が男性を誘うことで、その女性は男性の役割を奪っていることになるのだろうか。

長老が居たので、氷谷は聞いてみることにした。

「あの、アメリカでは男性が誘うのが一般的らしいですが、日本のように女性から誘うのは変なんでしょうか」

長老は、うーん、と少し考えてから答えてくれた。

「アメリカは夫婦で参加するのが一般的だから、奥さんが他所の旦那を誘っていたら、やっぱり具合が悪いんじゃないかな。昔からダンスを誘うのは男からと決まっているから」

アメリカに比べて日本でスクエアダンスを踊っているのは女性が圧倒的に多い。待っていても女性は誘われるかどうか分からない。そこで日本では女性が積極的に男性を誘うようになったのではないか。旦那も見てないし。ということは……家でビールを飲んでる場合じゃないですよ、旦那！　日本の女性は世界的に人気があるみたいだから。

草食男子に肉食女子。これって、日本的なのだろうか。そうだ、昔の日本では女性は積極的だったのではないか。歌麿の時代から。日本は平和なのだ。

アメリカでは、女性は男性が誘ってくるのを待つことで、男性を立てていることになる。そう考えるとアメリカもなかなか保守的なんだと、氷谷は妙に親近感を覚えた。

三　秋のそよ風　クラブのアニバーサリーパーティー

丸のスケのアニバーサリーパーティー当日、朝九時前には会場の更衣室で赤いクラブコスチュームに着替え、氷谷は黒木さんと最寄りの地下鉄駅の出口に向かった。赤シャツを着て歩くのはちょっと気恥ずかしいが、赤いコスチュームでゆっさゆっさのスカート姿で外を歩く黒木さんの方が抵抗は大きいだろう。ハロウィンの仮装にはまだ早い。地下鉄の出口のすぐ目の前に信号機があり、その交差点の手前でパーティーへの参加者を待つことにした。

地下鉄の出口から人が次から次へと出てきた。パニエバッグを持った女性たちが「おめでとうございます」と声をかけてくれるので、氷谷たちも「ありがとうございます」と挨拶を返した。そして、会場は信号を渡って右に直進すると左側にあります、と大きな声を出して伝えた。パニエバッグを持った女性の列がぞろぞろとさらに続いて出てきた。津根奈の姿も見えた。氷谷は大きく手を振った。

「おはよう！　来てくれてありがとう」

氷谷は津根奈に挨拶した。

「丸のスケのパーティーに来ないわけないでしょ。じゃ、後でね」

津根奈は笑顔で氷谷に挨拶すると、同じクラブと思われる女性たちと一緒に横断歩道を渡って行った。

人の流れが少し途切れたところで、声を休めることができた。これは結構疲れる。地下鉄の出口の近くにおばさんたち三人が旅行バッグを下に置いて座り、こちらを眺めていることに気が付いた。観光バスの到着を待っているような風情だった。その中の一人が立ち上がると、ゆっくりと氷谷に近づいてきた。

「どこへ行くツアーなの」

同じようなパニエバッグを持った女性たちと挨拶をしていたので、ツアー客を世話している業者だとでも思ったのだろう。

「いえ、ダンスパーティーがあるんです」

氷谷の答えにちょっと驚いたような顔をして、そのおばさんは元の場所に戻って行った。

パーティー参加者が「おめでとうございます」と通り過ぎて行き、氷谷が「ありがとうございます」と言って頭を下げていると、目の前に和服姿の夫人が来ていた。氷谷の前に立ち「はい、これ」と言って氷谷の手に何かを握らせると、そのまま立ち去って行った。手のひらを開けてみると、百円玉が一枚そこにはあった。赤いシャツを着ていたので、赤い羽根共同募金と勘違いしたのだろう。そういえば今がその季節なのか。赤い羽根は持っていないのに。黒木さんに見せたら声を上げて笑った。

「困ったな、この百円玉あげる」

「止めてよ」

黒木さんの笑い声が止まらない。

地下鉄の出口から出てくる人でパーティーに参加しそうな人の足も途絶え、十時になったので、黒木さんと一緒に会場に戻った。

パーティーは既に始まっていた。ホールで踊っている人を見る。ドサドーパーティーと比較すると、より多くの人が集まっていた。氷谷はスナックルームに入った。スナック係がテーブルに紙の大皿を配置して、その上にお菓子、チョコ、飴などを盛り付けている。そこで氷谷はスナック準備室に行ってみると、コーヒーメーカーでコーヒーを作っていた。もう少し時間がかかるということだったので、冷麦茶の入ったサーバーをスナックルームに運んだ。テーブルの上に置くと、その隣に未使用の紙コップが山の形に置かれ、名前記入用のマジックが手前に置かれていた。テーブルの何か所かにはごみ入れ用の大きなナイロン袋が貼りつけられていた。男性の仕事は重さのあるドリンクのサーバーを運ぶことがメインのようだ。ベテランの女性会員に、時間があるので少し踊ってらっしゃいと言われた。

ホールに入り、椅子に座っている女性たちを見渡した。踊る相手が居なくてつまらなそうにしている人を誘って踊るのも、主催クラブの会員の役目だ。銀座スクエアダンスクラブにクラブ訪問をした時に、一緒に踊った女性が目に入った。椅子一つ空けて隣に座る。

「こんにちは。次、踊ってもらえますか」

ちょっと驚いたような顔で氷谷の方を見ると、笑顔に変わった。

「あ、銀座にクラブ訪問された方ですね。よろしくお願いします」

「ぼくは今年入ったばかりなんですが、何年くらい踊ってらっしゃるんですか」

「私はね、五年くらいかしら」

「ベテランじゃないですか。ぼくが相手じゃ申し訳ないです」

「そんなことないですよ。私だって初めの年はうまく踊れなかったんですから」

話しているうちにブレイクタイムになり、その女性と手をつながないでホールの中ほどに歩いた。スクエアセットはあっという間に出来上がった。

次のコーラーは丸のスケの佐田会長だった。

「私はね、佐田さんのコール、好きなんですのよ」

「そうですか、ありがとうございます」

氷谷は他クラブの人から好きだと言われるコーラーが居ることが、自分のことのように嬉しかった。

「どーもー、皆さん。えー、本日は丸の内スクエアダンスクラブのアニバーサリーにご参加くださいまして、ありがとうございます。丸の内スクエアダンスクラブが今日の発展を遂げたのは皆さんのおかげです。それでは、心を込めてコールしたいと思います。アー ユー レディー?」

佐田会長から差し出されたマイクに向かって、会場から「ゴー」の声が響く。

曲が流れ、佐田会長のコールが始まった。

踊ってみるとひねくれた動作も無くて、心地よくてテンポも速かった。パーティーで一番盛り上がるコールだ。遠心力のかかる動作が散りばめられており、おまけとして終わり近くでダンサーの予想を裏切るコールが飛び出し、笑いを誘うというベテランのコールだった。

スナックルームに戻り、スナックやドリンクサーバーの減り具合をチェックし、何か問題がないかどうかを見て回った。スナック準備室に戻り、コーヒーの準備ができたのでコーヒーメーカーをスナックルームに運んだ。

また空き時間ができたので、氷谷はホールに行ってみた。津根奈が踊っているのが見えた。もっとはっきりと見たい。見えやすい位置に移動し、踊る姿を見ていた。楽しそうに踊る姿が、その表情が、流れるように動くコスチュームのスカートが、全て氷谷の眼球奥の網膜に映し出され、神経を伝って脳に記憶されていった。

プログラムを見ると、ホールでのダンスで昼休みは無く、その代わりラウンドダンスとプラス、それに難しいメインストリームが集中的に配置されていた。休みたい人には休みやすく、踊りたい人には踊りやすく配慮してある。ドサドーパーティーとは違うんだなと思った。ラウンドダンスはスクエアダンスではなく、社交ダンスのようなカップルの踊りだが、パーティーでは合間に踊られることが多いらしい。社交ダンスのような、か。津根奈はラウンドダンスを踊るのだろうか。特定の男性と？　青いコスチュームだって？

昼時間が近づくと、女性陣は果物の皮をむき始め、包丁でいくつかに切り、皿にのせていった。

それを黒木さんや氷谷がスナックルームに運んだ。

氷谷は昼時間が来たので準備室に戻り、そこで昼食を取った。隣の黒木さんに聞いた。

「黒木さんは踊ったんですか」

「いえ、見てただけです。でも、午後の後半は踊れるんじゃないかしら。セレモニーの後のスナックには追加がないので」

そう言って黒木さんは微笑んだ。

昼食を済ませ、氷谷はスナックルームに入った。歩きながら見回して、コーヒーの列に並んでいる津根奈を見つけた。小さな声でハーイ、と言って近づいた。

「あそこのテーブルの隅で待ってるから、コーヒー取ったら来てね」

氷谷は津根奈とアイコンタクトを交わし、テーブル席へ行くとそこでしばらく待った。津根奈が紙コップ二つを持ってきた。そして、一つを氷谷の前に置いた。氷谷の分もコーヒーを持ってきてくれたのだ。そんなつもりじゃなかったのに。

「ありがとう。パーティーは楽しめてますか」

氷谷は津根奈にスナックの皿から取ってきたミニドーナツとゼリーを渡しながら聞いた。

「大きなパーティーは楽しいよね。それより、裏方の仕事は初めてだから大変でしょ」

津根奈は紙コップに入ったコーヒーに口を付けた。

「なんだかイベント会社に就職した新入社員みたいな感じかな。でも、これはこれで面白そうな世界だね」

そう話す氷谷を見て、津根奈は嬉しそうな表情をした。

「何にでも興味を持つんだね。私はダンスが踊ればそれだけで楽しいのに。氷谷さんって真面目で仕事好きなんだと思う」

津根奈が氷谷のことを話してくれた。それで津根奈に自分のことを話したくなった。

「最近は行ってないけど、舞台が好きで何度か行ったことがあるんだ。当然舞台の上しか見てなかったけど、裏方の人がたくさんいて、そういう人が舞台を支えていると思うと、仕事としてなんか面白そうじゃない。普通のサラリーマンじゃ、仕事の上で感動するシーンなんてめったに無いかもしれないけど」

「そうね、男の人はやっぱり仕事ができて遊びも上手な人が素敵なんだろうな。ダンスだって、イケメンとかではなく上手な人と踊りたいな」

津根奈が氷谷のことを応援してくれているように感じた。

「ぼくは踊りもまだまだだから、相手になれないけど、でも、津根奈さんと踊るのは楽しいから、踊りが上手になりたいという目標ができた。頑張るよ」

急に氷谷は重要なことを思い出した。

「そうだ、今日パーティーが終わったらお茶する時間はある？　少しでいいから、お願い」

氷谷の顔を見てちょっとの間考えてから、津根奈は氷谷の口調を真似した。

「少しでいいなら」

そう言うと、くすっと笑った。

「ありがとう、少しでいいんだ」

氷谷も津根奈を見て笑ってしまった。

「パーティーが終わったら中央玄関で待ってるから」

氷谷はそこで津根奈と別れ、コーヒーメーカーが空になっていることを確認し、スナック準備室に運んだ。

午後二時からセレモニーがある。丸のスケの会員はホールに集まるように言われた。ホールに向かって左側に赤いコスチュームを着た会員たちが集まっていた。壁際の椅子に座る余地はなく、参加した他クラブのダンサーたちはホールの真ん中で思い思いに床に座り、セレモニーが始まるのを待っていた。

ステージ上には日本スクエアダンス連盟の会長、関東支部の役員、東京都スクエアダンス協会の会長、ゲストコーラーなどが並んでいた。

司会者が来賓の紹介を済ませ、指名された人が祝辞を述べていった。最後に丸のスケの佐田会長が参加者全員に感謝の言葉を述べ、会員一同礼をして、セレモニーは終わった。

この後、ダンスが再開されたが、津根奈とはなかなか一緒に踊ることはできなかった。それは、誘われたらその人と踊るか、それとも断ってその回は他の人とも踊らないか、どちらかにするというスクエアダンスのルールがあるからだ。津根奈のところにたどり着く前に、他の女性に誰でもいいからと誘われてしまう。その人と踊るしかない。うーん。

椅子に座って見ていた時、あるコーラーがシンギングで『スマイル』を歌っていた。耳に心地よい有名なメロディーが流れる。歌の上手な人だった。コールが終わり、会場から拍手が沸き起こった。人気のコーラーなのだろう。皆の顔がスマイルになっていた。

時計の針は午後四時を指していた。最後のコーラーのコールが終わり、パーティーはお開きとなった。丸のスケの会員がホールの出入り口扉の両側に並んで道を作り、参加してくれた他クラブのダンサーたちが扉から退場するのを見送った。津根奈を見つけると氷谷は手を振り「待っててね」と声をかけた。

駅前のコーヒーショップに津根奈と入った氷谷は、コーヒーの注文と支払いを済ませると、ガラス窓から外の景色が見える窓側のカウンター席に並んで座った。

「今日は一緒に踊れなかったね」

氷谷はそれが残念で、とても記念のパーティーという気分ではなかった。

「ところで、気になってたことがあるんだけど。この前のアニバーサリーパーティーでぼくに話していて、途中で青山さんが来てやめてしまったことがあったでしょ。良かったら話の続きを聞きたいなと思って」

氷谷はブレンドコーヒーをすすって、津根奈の答えを待った。

「うーん、そうね」

津根奈はアイスコーヒーのストローに口を付け、ちょっとため息をつくと氷谷に半分顔を向けた。

「氷谷さんは青山さんが気になるのよね。でも、それは考えすぎだよ」

津根奈は一気に喋り出した。青山さんとは新入社員研修の時に営業同行で仕事を手伝った関係なの。会社でてきぱきと働く男性って魅力的だなと感じた。でも、津根奈も仕事をするようになると、そうでもないかなって思ったという。青山さんの場合、会社の中では普通かなという意味だけど。スクエアダンスに関しては誘ってくれたことに感謝している。今はダンスが楽しい。青山さんが津根奈のことをどう思っているかは知らない。別に付き合っているわけじゃないし、氷谷さんが気にすることなんて何もない。もちろん二股かけてるわけでもない。青山さんはダンスでよく誘ってくれるので、楽しいから一緒に踊っているだけ。ダンス仲間という感じ。だから、男とか女とかの関係ではない。今はまだ誰にも縛られたくないのだという。

氷谷は、津根奈が悲しそうな顔をしてバーを去った時のことを思い出していた。付き合っていないのなら、青山と氷谷はライバル同士なのだろうか。津根奈の前では青山のことは口に出さない方が良さそうだ。

「ぼくが好きな女性のタイプを聞かれたけど、津根奈さんはどんな男性が好みなの」

アイスコーヒーのストローに口を付けて飲もうとする津根奈の動きが止まった。

「顔がハンサムだとか背が高いとか、そういうことではないの。多分好きになった人が好きなタイプだと思う。どうしてその人が好きなのかなんて、うまく説明できないと思う。でも、一緒に居て心が休まる人がいいな。一緒に居て楽しい人。自分をしっかり持っている人。仕事ができる人。私が尊敬できる人がいいな。ごめん、どんどん欲張りになっちゃって。でも、頭で考えると どうしてもそうなってしまう。現実にそんな人は居ないと思うけど。だから心で行動すると思うんだ」

笑顔の津根奈の隣で、氷谷の心の中はなんだかしんとしてしまっていた。仕事に人生を賭けるか、それとも好きな女《ひと》と一緒に暮らして幸せな人生を送るのか、なんて粋がっていたけど、現実はどちらにしても男は仕事ができなければだめなんだ。しかも、その他の条件がたくさんあるぞ。絶望的だ。とても自分なんか選ばれそうにない。好きなのに言えない。自信がない。やっぱり言えるわけがないよ。ん？ 心で行動するってどういうこと？

「銀座スクエアダンスクラブのアニバーサリーに行っても、一緒に踊れそうにないね」

「どうしてそういうことを言うのよ」

「だって、今日も一緒には踊れなかったし」

氷谷は自分からはなかなか言い出せなかった。

「一緒に踊れるわよ。私が踊ろうって言ってるんだから」

津根奈の優しさが身に染みる。

「そうだね。ありがとう」

「それよりも、懇親会には行かなくてもいいの？」

氷谷があわてて懇親会会場に駆け付けた時には、当然のように懇親会は始まっていた。また遅刻ね、と幹事にチクリと言われた。残ったカードの番号のところに行く。左隣には苦手な安田さんが座っていた。はずれだぁ。初心者講習会の頃、安田さんの居ないスクエアセットに入ろうとして、真正面に安田さんが居た時のことを思い出した。神様の悪戯か。右隣のお姉さんにビールを注いでもらい、目の前の料理を食べていたが、安田さんは氷谷には話しかけてこなかった。これもいつも通りだ。右隣のお姉さんは丸のスケの中でも古株らしい。趣味が裁縫で、コスチューム作りが楽しいという。苦手な人のために指導も行っていると話していた。多才な人がたくさん居るクラブだなと思った。氷谷はどうだろう。アピールできるとしたら若さだけだ。ゼロに等しい。

女性はダンス以外にもファッションという楽しみ方があるなと思った。特にダンスのファッションは華麗だ。女性は男性のファッションのことをどう思っているのだろう。単なる引き立て役なのだからその程度でいいと思っているのかも。いや、できる男性の奥さんは夫が見劣りしないようにファッションに気を付けているとも聞く。やはり人によるということなのか。それでは身も蓋もない。そういう奥さんをどうやって見つけるのだろう。誰も教えてくれない。人生で重要な事は全て自分で身につけるしかない。それを自己責任というのか。このクラブでは、人生が上手くいってる人が大半なのだろう。

会も盛り上がってくると、皆は思い思いに移動して話に花を咲かせていた。氷谷は奥の席にいる長老のところに行った。

「今晩は。前回スクエアダンスの面白い話をしてやろうって言ってましたが、それがどんな話か聞きたくなって」

氷谷は長老の隣の空いた席に座ると、神妙な面持ちになった。

「やあ、あれのことか。いいだろう」

長老は飲みかけのビールをグイと飲み干し、氷谷の方を向いた。

「スクエアダンスは四カップルの八人で踊る。セットの真ん中を中心点とした点対称ということが最大の特徴なんだ」

長老によると、ダンサーはそんなことは考えなくていいが、コーラーは常に考えているのだという。例えばスクエアセットでは、四カップルが中を向き合って四角形を作っている。一組の男性の位置を『北』とすると、三組の男性は『南』の位置に居る。二組の男性が『西』の位置に居れば、四組の男性は『東』の位置に居る。女性も同じだ。コールが始まって、動いて行くと隊形がどんどん変わっていく。しかし、一組の男性の点対称の位置には必ず三組の男性が居る。二組の女性の点対称の位置には必ず四組の女性が居る。そういう関係があるのだ。だから、男性の点対象の位置に女性が居たら、そのセットは壊れていることが分かる。それがスクエアダンスの特徴だという。

なるほどと氷谷は思った。

「数学的な要素があるんですね。でも、それがダンスとどういう関係があるんですか」

「いい質問だ。スクエアダンスはただコールをすればいいというものではない。コールしていくといろんな隊形になるけれども、最終的には元のスクエアセットに戻さなくてはならないんだ。それがコーラーの仕事だ」

長老によると、例えば男性は一組を起点として反時計回りに二組、三組、四組と並んでいる。女性も同じだ。ところがコールでいろいろ動いていると、男性も女性も順番がぐちゃぐちゃになってしまう。そこで、一組の男性と一組の女性がくっつくようにコールして元のカップルにする。そうすると、点対称であるから、三組も男性と女性はもとのカップルになっている。それでは、二組と四組はどうなっているかということになる。男性を反時計回りに一組から四組まで並べるために、もし逆になっていたら二組と四組の男性を入れ替えるコールをする。そして、四組の男性が二組の女性を連れていたら、二組の男性は四組の女性を連れていることになり、女性を交換する。これで最初のスクエアセットと同じ並びになったはずだ。しかし、一組のカップルは最初の位置である『北』に来なければならない。そこで、プラマネードで歩いて元の位置に移動する。そのためにパートナーとは反対側に居るコーナーさんとまずアレマン レフト、左の腕同士をとって半回転する。そしてパートナーと向き合ってグランド ライト アンド レフト、つまり右手左手、右手左手と通り過ぎ、最終的に目の前に来たパートナーとプラマネード、つまりパートナーと手を取りあって自分の最初の位置に戻る、一組は『北』の位置に戻る、ということをやっているんだ。もちろん、コーラーはもっとスマートにコールしているわけだが。

「どうだ、コールって、面白そうだろ」

長老に言われて、氷谷も興味を持った。まるでパズルみたいだなと思った。昔ルービックキューブというのが流行ったと聞いている。どこか似ている気がする。

「それじゃあ、誰が一組に居て二組は誰で、ということを覚えなきゃならないわけですね。それは大変だ」

「まあそうだが、点対称なので半分覚えればいい。教科書的には一組と四組の計四人を覚える必要があるけどね」

アパートに帰っても、氷谷は興奮していてなかなか寝付けなかった。

仕事には一生を賭ける価値があると思っていた。好きな女《ひと》と一緒に暮らして幸せな人生を送るというのにも大きな価値がある。どちらを選ぶべきか。未だに迷っている。しかしその場合、女には男に一生を賭けるという覚悟が必要だと思う。そのことを忘れていた。お互いに本当に好きでなければダメだ。氷谷に一生を賭けてもいいという女がはたしているのだろうか。好きの程度を軽く考えていた。軽い考えは間違いだったかもしれない。考えてみれば恐ろしいことだ。幸せにすると誓うなら、幸せにする責任がある。そんな自信はない。氷谷と結婚したから幸せになれなかった、そんなことは言われたくない。逆に、氷谷自身は好きな女に興味が無くなるなんてことがあるのだろうか。それは無いはずだ。表面的なところが好きだったが、本質的なところは好きではなかった。もしそうなったら、我慢するのか。やはり本質的な部分は大切だ。では女が一緒に暮らす男に興味が無くなったら、仮面夫婦として残りの時間を過ごしてくれるのか、それとも新たな出会いを求めて胸をときめかせてしまうのか。ああ、絶望だ。人生相談を読んだことがある。密かに離婚の準備をしなさいなんて書いてあったりする。好きになった女なら幸せになってもらいたい。自分が失格なら相応しい人に後を託すべきか。馬鹿じゃないの。誰か教えてほしい。多分、こんなことは幼稚な考えなのだ。大人には大人の事情があるのだから。

スクエアダンスの本場であるアメリカでは、離婚は当たり前みたいだ。教会で愛を誓ったくせに。自分の思い通りにならなければ直ぐに離婚だ。その程度にしか思っていなかったのか。個人主義の国なら自分の価値感がファーストだろう。バウ トゥー ユア パートナー、コーナートゥー、ハイ、サヨーナラ。これって、いかがなものか。キリスト教って愛の宗教じゃなかったの？

とすれば、氷谷が今やるべきことは仕事に専念し、それなりの業績を上げることだ。仕事ができるということを見てもらいたい人がいる。仕事ができる人がいいと言っていた人がいる。氷谷にとっては、人生を賭ける目標はこれだと思えるようになってきた。津根奈に相応しい男にならなければ、振り向いてもらえない。仕事以外の条件は……、やっぱり無理だ。津根奈が氷谷を好きになるなんてことが、本当にあるのだろうか。誰もが振り向く女が、誰も振り向かない男を好きになるなんて。本当にあるのだろうか。そんなのは、出来の悪いB級映画の中だけだ。

丸のスケの例会の日、日の丸会館の地下ホールでは、いつものように佐田会長がマイクを握っていた。今日の例会の挨拶はいつもとは少し違っていた。

「どーも、今晩は、皆さん。今日はドイツから素敵なお客さんをお迎えしました。ご夫婦です。ご主人はチャレンジダンサーだそうです。アドバンスの上のレベルです。奥さんはプラスのダンサーです。日本旅行の途中に、この丸のスケの例会に立ち寄ってくれました。拍手！　では、楽しく例会を進めたいと思います」

丸のスケのホームページは充実していて、日本語と英語の両方で見ることができるので、海外のダンサーは例会の日を確認できる。それで連絡してやって来るのだ。

ご主人は背が高くちょっとお腹が出ていて、奥さんは背が低めで小太りな感じだった。二人とも還暦前くらいの年齢に見えた。

曲が流れると、皆は会員同士でさっと誘い合って直ぐにスクエアセットがあちこちに出来た。氷谷はドイツ人の奥さんが壁際にぽつんと立ったまま取り残されているのに気が付いた。女性から誘うことはできない。これは日本の恥だと思い、直ぐに誘いに行った。そして一つ空いていたセットに入ろうとしたところ、「こっちが先だよ」と言って反対の方向から来たカップルが先にそこに入ってしまった。氷谷の方を振り向いてドイツ人の奥さんを連れていることに気付くと、驚いた顔で「どうぞ」とそのセットに入るのを譲ってくれた。ご主人は奥さんが誘われてほっとしたことだろう。ドイツ人の二人は私服のままで、ダンスをする格好ではなかったが、旅行の途中であり、夫婦で同じ趣味を持っていればこそのクラブ訪問だと思った。スクエアダンスで人生を楽しむためには、やはり夫婦で参加した方が楽しいと思った。ダンスに関しては夫婦で同じ趣味を持つ方が……。森川さんの顔が浮かんだ。夫は妻が踊っている写真を撮るのが好きらしい。それもありか。

スナックタイムの時に聞いたことだが、これを国内で実践している夫婦が居た。旅行のついでに近くのクラブの例会に参加する。もちろん、事前に電話で許可を取っておくわけだろうが。地方のクラブの人から見れば、あの丸のスケから来てくれたという気持ちがあるはずだ。丸のスケはビッグネームなのだ。そういうことなら、素敵な人物でありダンサーでなければクラブの名折れになる。旅行のついでに近くの例会に参加する、氷谷には簡単にはできそうにないと思った。

今週の氷谷は仕事にあまり進展が無かった。土曜日の朝は久しぶりにゆっくりと起きた。外は曇り空だ。近くの喫茶店でモーニングを食べていると、周りの客が年配者ばかりなのに気が付く。夫婦でモーニングのトーストを齧っている人もいた。自分の生活スタイルが年齢を先取りしているらしいことに衝撃を受けた。歳を取ったらこういう生活になるのか。今とちっとも変わらないじゃないか。津根奈はどうなんだろうか、ふと思った。津根奈がこんな生活をするとは思えないが、そこに、氷谷の隣に津根奈はいるのだろうか。

一日はあっという間に過ぎていく。出かける時間だ。もう習慣になってしまった。地下鉄の最寄り駅で降り、エスカレーターに乗って上がり外に出ると、どんよりとした曇り空が見えた。雨は降るのだろうか。

日の丸会館に入り地下への階段を下りた。受付で出欠をチェックして、ロビーの男性コーナーに行く。そこでは何人かがコスチュームに着替えている最中だった。その中に、黄色いコスチュームに着替えている人がいた。丸のスケの人ではない。銀座スクエアダンスクラブのコスチュームだ。ひょっとして今日、津根奈は来ているのだろうか。心臓がドキンとする。氷谷は隅の方に荷物を置き、さっさとコスチュームに着替えた。

ロビーに出てみると、銀座の黄色いコスチュームを着た女性たちがいた。その中に津根奈の姿は無かった。来ているわけがない。津根奈だったら事前に連絡をくれるはずだ。とりあえず手を洗おうと思い、洗面所の入り口の前まで行ったところで、中から私服姿の女性が勢いよく出てきてぶつかりそうになった。「うわっ」氷谷は声を上げた。

「どうしてこんなところに居るのよ、もう」

津根奈だった。氷谷は一瞬頭が真っ白になった。

トイレから出てきたところを見られたのが恥ずかしいのか、それとも単に急いでいたのか、津根奈はイライラしていた。津根奈の様子を見て、氷谷は急いで更衣室の場所を教えた。

「ごめんなさい」

じゃあね、と言って直ぐに津根奈は足早に歩いていった。

氷谷は洗面所に入り手を洗った。目の前の鏡をまじまじと見ると、平凡な顔の男が映っていた。サラブレッドではなく雑種の馬だ。よーい、ドンで走ったらサラブレッドに勝てるわけがない。

ホールの中ほどは既にカップルが集まってスクエアセットを作り、始まるのを待っていた。長老が椅子に座って見ている。氷谷は扉の内側で津根奈が来るのを待っていた。コスチュームに着替えた津根奈が入ってきたので、直ぐに手を取ってスクエアセットの中に入った。時間が来てホールの扉は閉じられ、佐田会長がマイクを握った。

「どーも、皆さん。えー、雨が降りそうな雲行きでしたが、多分降らないと思います。今日は銀座スクエアダンスクラブの方がクラブ訪問に来てくれました」

拍手が沸き起こる。黄色いクラブコスチューム姿の津根奈たちは小さく頭を下げた。

「では、例会を始めます。まずは足慣らしから」

氷谷と津根奈が入ったのは四組の位置だ。右手方向にコーラーが見える。

「来てくれてありがとう」

「氷谷さんがクラブ訪問に来てくれたんだから、私が来ないわけにはいかないでしょ」

笑顔の津根奈に戻っていた。津根奈の笑顔を見て氷谷は安心した。

津根奈と踊っていると楽しい。なぜ津根奈と踊っていると楽しいのだろう。動きが流れるように綺麗だ。姿勢がいいのだろう。スカートさばきや動きのセンスもあると思う。でも一番大きな特徴は、笑顔で目を合わせてくれるからだ。見つめられると津根奈の瞳に引き込まれそうになる。蛇に睨まれた蛙か。いっそのこと食べられてしまいたい。ダメだ。煩悩よ、去れ。あぶない危ない。目と目を合わせるのは、日本人には慣れないことかもしれない。ドサドーパーティーに参加した時にそんな女性が他にもいた。緑のコスチュームを着ていた女性。同じセットの中に居たのに、誘うことができなかった人。なぜそういう人が増えないんだろう。それは蛇を増やせということか。それとも蛙が多すぎるのか。今日も眠れそうにない。ケロケロ。

楽しい時間は直ぐに終わる。津根奈は直ぐ次の人に誘われていった。コーラーが交代し、次のコールが始まった。

コーラーが次々に替わり、何チップ目かのコールが行われていて、津根奈はダンスを楽しんでいるようだった。氷谷は椅子に座り休んでいた。目の前のセットで黒木さんが踊るのを見ていると、ぶつくさ言う声が聞こえてきた。その時だ。

「やめてください」

大きな声がホールに響いた。黒木さんだ。コールが途中で止まった。ダンスの動きも途中で止まり、どうしたんだという顔で皆が黒木さんの居るセットの方を見た。

「ぶつくさぶつくさ、踊っている時に文句を言わないでください。もう嫌！」

言いたいことも言えないと言っていた黒木さんが、どうしたことか爆発していた。氷谷は座って見ていたのでよく分かった。黒木さんが間違えそうになると、ぶつくさ言う年配男性がいるのだ。氷谷も経験している。佐田会長が出てきてマイクを握った。

「えー、ちょっといいですか。踊っている時は、ダンサーは私語を慎んでください。コールを聴くことの邪魔になります。それと、スクエアダンスは楽しくなければなりません。間違えずに踊っても、楽しくなければそれはスクエアダンスではありません。間違えても、楽しければそれがスクエアダンスなのです」

会場から拍手が起こった。氷谷も立ち上がって拍手した。スクエアダンスへの佐田会長の思いは、他の会員も共有しているものだった。残念な人もいるのだが。

踊りの途中だったので、皆はスクエアセットに戻った。そしてコールは再開された。なんとなく白けたムードの中でそのチップは終わった。

次はミーティングだ。皆が椅子を並べ始める。氷谷は黒木さんに近づいた。

「黒木さん、すごいじゃない」

氷谷は黒木さんの肩を軽くたたいた。

「ごめんなさい、ダンスの邪魔をしちゃって。私ここにはもう居られないかもしれない」

黒木さんはまだ興奮していた。

「そんなことないよ。嫌なことは嫌なんだから、はっきり言った方がいいよ」

氷谷も椅子を収納スペースから出してきて、ステージを『北』とすると『東』『西』でお互いに向き合うように並べた。銀座スクエアダンスクラブから来た人たちは、『東』の一番前の席に座った。

司会役の人が各種委員会の人を順に指名し、報告があれば発表してもらっていた。

氷谷はミーティングとは別のことを考えていた。黒木さんはみにくいアヒルの子ではなくて白鳥だと思っていたので、白鳥の湖を思い出していた。第二幕は舞踏会に来た悪魔の娘のオディールをオデットと間違えて、王子は真実の愛を誓ってしまう。オデットは王子とは結ばれないことを知り、湖に身を投げて死ぬ。王子も後を追って身を投げて死ぬ。来世で結ばれることを願って。悲しすぎる。日本には曽根崎心中がある。結ばれないということは死ぬほどつらいことなのか。氷谷は津根奈と結ばれなかったら、どうするつもりなのか。津根奈に迷惑はかけたくない。彼女の幸せを願うだけだ。話にならない。

気が付くとミーティングも終わり近くになり、クラブ訪問に来た銀座スクエアダンスクラブの紹介をしているところだった。銀座の代表者が今日参加した会員の名前を紹介した。津根奈純と紹介された時、ざわめきが聞こえたように感じた。そして、津根奈たちがチラシを配っている間に、代表者がアニバーサリーへのお誘いのスピーチをした。そして一同礼をして終わった。

「銀座スクエアダンスクラブの皆さんからお土産をいただいております。では、ミーティングは終わりです。次はスナックタイムです」

司会役の人がホールからロビーへの移動を促した。丸のスケの会員の人は、銀座スクエアダンスクラブの人たちがテーブルに着くまで、ホールで待機してくださいと言われた。これはお姉さんたちの日頃の行動が、我先にスナックに群がる姿が、見苦しいと会長に認定されたためと思われる。お互いのクラブには、見られたくないこともあるのだ。

氷谷がホールからロビーに移動してきた時には、津根奈はお菓子とお茶の入った紙コップを持って、テーブルから離れたところに立っていた。

「丸のスケの例会はどうだった？　なんか見られたくないものを見られちゃったみたいだけど」

氷谷はお茶を持って津根奈の隣に立った。

「そうねえ、でも、和気あいあいという感じはあると思う。例外はどこにでも居るから」

津根奈はお菓子をポリポリ食べ始めた。

「そうだ。ここが終わったらお店に誘うよ。話したいこともあるし」

氷谷は誘うことにだんだんと抵抗が無くなってきた。

「お店って」

津根奈はいたずらっぽく笑った。

「銀座にクラブ訪問した時に行ったようなお店。変なところじゃないよ」

「いいわよ。氷谷さんはアニバーサリーにお誘いしなくちゃいけない人なんだから」

例会の後半でまた津根奈を誘い、一緒に踊った。うれしい嬉しいと踊っている時に、ある目線を感じた。気が付くと、それは同じセットで踊っている女性だったり、休んで椅子に座って見ている男性だったりした。氷谷の心に急速に警戒心が芽生えた。

改めて思った。急に森川さんの顔が目に浮かんだ。全て見透かされている。氷谷の顔が緩んでいたのだ。心の窓が透明になり、覗ける状態になっていたのかもしれない。だからあんな目で見られていたのか。いや、違う。津根奈は同じ会社に勤めている同僚だ。仕事での付き合いもある。いや、特に無いけど。とにかく特別なのは当たり前だ。変にコソコソする方が怪しく思われる。自然に振る舞うのが一番だ。それしか氷谷には言い訳できそうにない。

氷谷が例会後に津根奈を誘った店は、地下鉄の駅入り口を少し過ぎたところにあるビルの地下一階にあった。

「バーといっても、ずいぶんと雰囲気が違うんだね」

カウンターに座った津根奈は辺りを見回した。

「ぼくもバーは二回目だから、よく分からないんだけど。どっちのお店が好きなの」

津根奈の横顔を見ていたら目と目が合って、彼女はくすっと笑った。

氷谷はメニューを見て、自分はバーボンにしようと思うけど津根奈はどうするのかメニューを渡して聞いた。

「男性でも飲むんだね。カクテルは女性用だと思ってたけど」

「バーボンもカクテルの一種じゃないの。本当はよくは知らないけど。混ぜたら全てカクテル」

氷谷は適当なことを言って津根奈を見た。経験豊富な中年男性みたいに恰好良くはいかない。やっぱり背伸びするのはやめよう。疲れるだけだ。

「そうか、混ぜたらカクテルなのね。ウーロンハイもそうなの？　違うか。どっちでもいいけど、せっかくだから初めてのものに挑戦したら？」

「そうだね。以前の会社で、何かのイベントがあった時に飲み放題というのがあって、好きなのを自由に取って飲めるという機会があったんだ。カクテルが置いてあり、初めて飲んでみたら美味しかったんだ」

津根奈がバーテンダーにお勧めを聞いてくれた。そのカクテルを二人で頼んだ。飲んでみると美味しい。二人で笑顔になった。

「今日は来てくれてありがとう」

「それ、今日二回目だよ」

「ごめんなさい」

「それも二回目」

津根奈が氷谷に向けてくる目はまるでお母さんのようだ。そう思うと急に可笑しくなって、氷谷は吹き出してしまった。

「困ったな、きょうは真面目な話をしようと思っていたのに」

「それを先に言わなきゃ。氷谷さんの真面目な話って何なのか、早く聞きたいな」

津根奈に促され、氷谷は話し始めた。氷谷が学生の時のことだ。学生のダンスパーティーがあり、一度だけ参加したことがある。大学には女性が少ないので、近くの女子短大の女の子たちも参加していた。そのせいかとても華やかに感じた。ダンスといっても氷谷が踊れるわけもなく、今思えばただ体をくねくねさせていただけだったと思う。それでも、可愛い子を見つけて踊りに誘ったら、一緒に踊ってくれることになった。パーティーが終わった後でやっぱりその子に会いたいと思い、連絡先を交換し、後日連絡したら会ってくれた。嬉しかった。一緒に居て楽しいし、彼女も喜んでくれていると思っていた。何度か会った後に、なぜかもう会えないと突然言われ、彼女は去って行った。それまでの氷谷は嬉しかった。だけど彼女は嬉しくなかったのだ。それまでの氷谷は楽しかった。だけど彼女は楽しくなかったのか。理由が聞きたい。でも二度と会うことは叶わなかった。見ていたものは蜃気楼だったのか。女性は怖いものだ。目の前にニンジンをぶら下げて、手を伸ばそうとしたら取り上げてしまう。このことが氷谷のトラウマになった。悲しかった。もう悲しい思いはしたくなかった。そのために楽しくなりたいという思いを諦めた。悲しみのない人生の方が安心だ。仕事に人生を賭ける。これだと思った。でも、人生を賭けた仕事は容易ではなく、わずか二年で挫折した。氷谷に何か残されたものはあるのだろうか。真空のような暗闇しかなかった。

そんな中で津根奈に出会ったのだ。やっぱり悲しみのない世界よりは、危険があっても喜びのある世界の方に魅力を感じる。憧れと言った方が合っている。津根奈は憧れだ。また危険なことに足を一歩踏み出そうとしている。分かっているのにやめられない。男はみんな馬鹿だ。

「津根奈さんとこうして一緒に過ごす時間を持てて、すごく楽しい。だから不安なんだ。目の前にニンジンがぶら下がっているだけなんじゃないかと。また取り上げられてしまうんじゃないかと。同じことの繰り返しになると、もう立ち上がれないかもしれない」

氷谷は津根奈の顔を見た。

「うーん、私が思うに、氷谷さんは彼女と会っていて、途中から彼女に対する態度が変わったんじゃないのかな。自分では気付かなくても、彼女にはそれが嫌だったんだと思う」

津根奈は何か経験したことがあるんじゃないか、氷谷にはそんな風に聞こえた。

「そうかなあ。ぼくには分からなかったけど」

「そういうのって、よくあると思う。私なんかしょっちゅうだよ。自分で言うのもなんだけど私は見た目が可愛いって言われるから、初めは優しくされるけど、男の目的は私をペットみたいに連れ回して見せびらかしたいだけだった。本当は優しくなかったの。だから、氷谷さんみたいに穏やかな人に会うのって私は初めてなんだ。意外に面白いところもあるし。一緒にこういう時間を過ごすのも私は嫌いじゃないし」

「ここでほめられてもなあ、というか」
氷谷ははにかんだ。なんだか照れ臭い。
「別にほめてなんかいないよ。思っていることを言っただけ。氷谷さんは道を歩いていたらつまずいたの。つまずくのが嫌だから家に籠ろうなんて、誰も思わないでしょ。つまずいて倒れたら立ち上がって、また歩き出せばいいじゃん。そんなの、普通のことだよ。氷谷さんは大げさに考えすぎ。古典的ロマンチストの生き残りみたい。そんなことじゃ女性に騙されちゃうわよ」

翌日の日曜日の昼前、氷谷は喫茶店にいた。コーヒーを飲みながら昨日のことを思い出していた。古典的ロマンチストの生き残りか。言ってくれるなあ。道を歩いていてつまずいただけかもしれない。別にどうということもないのに、独りで大騒ぎしていたわけだ。膝を少し擦りむいただけなのに、血が出ていると言って騒いでいる子供みたいだ。勝手に悲劇の主人公をやっていたのか。精神年齢が低すぎる。世間でよく言われるくそ真面目なだけの人間とは、無知で未経験で独りよがりなだけの面白味のない人間かもしれない。そんな人間にはなりたくない。津根奈のおかげで氷谷は、現実が見えてきたような気がした。自分を見てくれる人が必要なのかもしれない。

週明けの朝、研究所に早く着いた氷谷は事務室に入ると、津根奈にメールを送った。

先日はいろいろと教えてくれてありがとう。おかげで自分が何者なのか分かった気がします。自分にとって津根奈さんは大切な存在だと思っています。ありがとう。あ、二回目でした。また津根奈さんに叱られます（笑）

メールを送り、精神的にすっきりした氷谷は仕事に専念することにした。

検討するために検査部に行った。検査の邪魔にならないよう、行くのは午後の時間に決めている。まず陽性検体と陰性検体、それに希釈再検された高濃度検体を確保し、ビーズとサンプル血清との反応、洗浄後にビーズと標識抗体との反応に分けて、反応時間、反応温度、撹拌の有無など、検査担当者が検討した内容について大まかに確認検討を行った。

翌日、氷谷は検査部に戻り、今までの検査データを調べることにした。検査担当者に、検査測定値の載ったシートを見せてもらった。そして再検査に回った検体のうち、実際に希釈測定が必要だった検体の数を調べた。すると、陽性で再検査に回った検体のうち5％程が異常高濃度の検体であることが分かった。その5％の検体が事前に分かれば、現在再検査に回っている残りの検体は希釈再検査が必要なくなり、コスト削減につながる。現状ではそれが分からないために新たにビーズを使って希釈再検査をしていることになる。新たなビーズを使わない方法を考えればいいいわけだ。

月度報告会が研究室で行われた。今日も山岡部長が来ている。村上課長が司会役だ。

「月度報告会を始めます。では、森川さん」

森川さんは、前回からの検討の経過を説明した。大学病院の先生からの依頼で、新しい検査項目の測定を行っていた。検体の数はかなり集まってきたという。

「現在は臨床検体の測定を行っているところです。現在の測定値の分布は表に示した通りです」

「これは継続的に測定をお願いします。それで、例のアレは？」

海外で新たに開発されたキットのことらしい。村上課長が貧乏ゆすりをしている。イライラしているのだろうか。

「A社のキットは既に届いていますので、検体が集まりしだい検討をしたいと思っています」

「そのデータを至急頼みます。では次、高山君」

「はい、精製法の検討をしています。細胞を可溶化してタンパク質を抽出して、カラム精製し、純度を調べています。現在の純度はだいたい30％くらいです。この後は電気泳動でさらに精製するつもりです」

高山は横野の顔を見た。

「ちょっとよろしいでしょうか」

横野が課長に発言を求めた。

「なんだ」

「高山さんの発表を聞いて、感銘を受けました。手先が器用でないと、なかなか純品にまで精製はできません」

横野は何か魂胆があるのだろうか、高山を絶賛した。それを聞いて村上課長はあきれた顔をした。

「まだ純品にはなってないじゃないか。急いでほしいので次回の月度報告会までには純品にするように。その方法ではあまり量は採れないと思うが、それで足りるのか。今の方法でいいのか、さらに検討が必要だな。では次、氷谷君」

「はい、検査部から検討依頼のあった課題です。本来は異常高濃度のサンプルが、キットの測定値では低く出ることについての改善検討です。では資料に示しました表とグラフをまずは見てください」

氷谷はこの項目の測定操作が、血清サンプルと標識抗体と抗体固相化ビーズを混ぜて冷室に一晩置くだけであることを述べた。反応が一操作だけなので、ワンステップ法、抗体で挟むのでサンドイッチ法である。

サンプル中の測定対象物をXとすると、ビーズに固相化された抗体とXがくっつく反応、ビーズの抗体にくっついたXと標識抗体との反応という風に、反応を二つに分けた。ツーステップ法だ。検査部が検討してうまくいかなかったというこの方法について、確認のため検討した。キットがワンステップ法に合わせた仕様になっているため、ツーステップ法にするのならサンプルや標識抗体の量の検討も必要になる。それはキットの改造になり、検討の目的からははずれる。ただ、サンプル中のX濃度が高いものが低く出るという問題の解決にはなったが、検査には使えないと思われた。

検査部の検査シートを調べたところ、希釈再検査した検体のうち、X濃度が標準曲線の上限を超えているために測定計数値が低くなり、そのために本来の希釈再検査が必要だった検体の数は5%以下であった。そのことを報告した。

「反応に手間がかかるようじゃ、改善とは見てもらえないな。それにしてもこのキットは問題だな。検体の中に異常高濃度の検体もある項目にしては、不適切な測定系だ。メーカーに新しいキットの開発を促すためにも、値下げ交渉の資料にでもするか。では次、横野君」

横野はリンパ球が放出するインターフェロンについて測定系の開発を担当していた。

「現在開発中の抗体のうち、反応性の高いクローンを調べています。候補の一つについて反応系を開発中です」

一通りの説明が終わり、村上課長のコメントも終わった。これで全員の報告は終わりだ。

「ちょっと質問いいですか」

氷谷は手を上げた。村上課長が、どうぞと頷いた。

「高山さんの使用している試薬の中で前処理しているものがありましたが、あれはどういう意味があるのですか」

氷谷は疑問に思っていたことを高山に質問した。

「あれはだいたい前処理することになっているんです」

高山は不機嫌な顔で答えた。

「だから、どういう意味があるのかと」

「あの試薬は前処理して使用することにだいたい決まっているんですから」

高山は答えることができず、なぜか怒っているようだった。

報告会が終わった。皆が研究室から出て行った後で、氷谷は森川さんに声をかけられた。

「高山さんの知らないことを聞いちゃだめでしょ。聞いたら怒るんだから。それくらい分かるでしょうに」

森川さんは氷谷の質問は良くないと言っているのだ。知らないのなら知らないと言えばいいじゃないか。素直な人は少ないいんだなと思った。知ってる振りをしたいのか。仮面を被って。そのこまで考えた時、氷谷はハッとした。自分も仮面を被っていることに気が付いたのだ。好きなのに好きと言えない。言えばいいじゃないか。それが言えない。氷谷だけではない。人は誰でも仮面を被っているものだ。ひょっとして、あなたも？　まさかあの人は。氷谷の頭の中である言葉がぐるぐる回っていた。そんなことじゃ女性に騙されちゃうわよ。女性に騙されちゃうわよ。騙されちゃうわよ。

日の丸会館の地下ホールで、毎週土曜日に例会がある。そこで氷谷は今日も踊っていた。踊ることが習慣になっており、音楽に合わせ体を動かすということがストレス発散にも役立っていた。元来運動などしない質なので、氷谷にはスクエアダンスはとてもありがたいものだった。会社では年に二回の健康診断がある。その問診で、何か運動やってますかと毎回聞かれる。今までは通勤していますと答えていた。当然怪訝な顔をされる。そんな顔をされても困るのだが。日曜日は一日家に居る。通勤は無いので運動も無い。片道一時間の通勤はけっこう運動になっていたというのは実感だったのだが。それが医者には信じてもらえない。今ではダンスをやっていますと堂々と言えるようになった。それだけでも大した進歩だ。

スナックタイムにいろんな人に話を聞くのも楽しみとなっていた。今日はベテランの姫野美香《ひめのみか》さんに聞いた。髪の長いすらっとした女性だ。

「もう何年ぐらい踊ってるんですか」

「もう二十年以上かな。趣味はいくつかあったけど、ずっと続いてるのはダンスだけかな」

姫野さんはスタイルも良くて、ベテランらしく動きが綺麗で優雅なダンスを踊る人だ。

「そうなんですか。パーティーとかはよく行くんですか」

氷谷がそう聞いた時に、姫野さんはちょっと待ってと言って、スケジュール帳を持ってきてくれた。そして、一か月のスケジュールが書き込まれたページを見せてくれた。三十日のうち、三分の二くらいには、ダンスの何かしらの予定が書き込まれていた。

「スクエアダンスを、こんなに踊ってるんですか」

氷谷は驚いて聞き返した。それにしてはすごいもんだ。スクエアダンス漬けの生活だ。

「スクエアダンスはね、レベルが一つ上がると、新しいコールが加わってくるの。例えば、メインストリームはベーシックの内容にメインストリームのコールが加わったもの。その上のプラスは、メインストリームの内容にプラスのコールが加わったもの。その上のアドバンスは、プラスの内容にアドバンスのコールが加わったもの」

姫野さんによれば、例えばプラスを踊っているとメインストリーム以下の内容のコールは一部しか出てこない傾向がある。アドバンスを踊っていると、アドバンスのコールが中心で、プラス以下の内容のコールはあまり出てこないという傾向があるらしい。それより上のレベルでも同じことが言えるそうだ。したがって、各レベルのダンスを踊っていないと、コール全体の内容を忘れてしまう。そうやってスクエアダンス漬けの生活になってしまうのだという。

「酷い人になると、アドバンスばっかり踊っていて、メインストリームを忘れちゃってる人がいるのよ。最悪でしょ？　だからいろいろ踊らなきゃダメなの」

各クラブが主催するアニバーサリーでは、一つの会場でメインストリームもプラスも踊られている。だからプラスまではほとんどのクラブで講習を実施している。しかしプラスより上のレベルでは希望する会員も限られてくるので、やっていないクラブも多いという。

丸のスケでは、例会とは別の日にプラスとかアドバンスとかC1の講習や踊り込みをやっているそうだ。他のクラブの会員も参加しているという。こういうのはクラブが主催しているというよりは、コーラーが独自に主催している教室という感じらしい。だから、例えばアドバンスの講習ではいろんなクラブの人が集まり、どこの講習が優しいとかあそこは厳しいとかの情報交換を行っているという。

スクエアダンスを踊っていると、どんどん上のレベルの講習を受け、踊り込みもやり、またその上のレベルの講習を受け、などとやっていると、一か月のスケジュールの大部分をスクエアダンスに占領され、他の趣味に費やす時間が無くなる、などと誰かが話していたのを聞いたことがある。スクエアダンスは奥が深いのだと。初級レベルは易しいので、馬鹿らしいと思ったら大間違いなのだそうな。

アドバンスの上はチャレンジといって、Ｃ１からＣ４まである。アドバンスとＣ１は比較的あちこちで講習が実施されているので、踊れる人はある程度存在するらしい。しかしＣ２以上になると、講習するコーラーも限られてくるし、ダンス自体もダンスというよりはゲームのような動きになってくるようだ。ダンスじゃないと思う人が増えるようなので、講習自体が少ないらしい。踊れる人も当然少なくなる。ベテランコーラーでＣ４まで踊れる人は日本でも数えるほどしか居ないのではないか。みんなで楽しむというよりは、限りなくオタクの世界に突入していると思う。


日曜日の朝、津根奈からもらったチラシを片手に持ち、氷谷は電車に乗り込んだ。今日は銀座スクエアダンスクラブのアニバーサリーパーティーの日だ。ＪＲの駅で降り改札を出て、線路から離れる北方向に五分ほど歩いて行くと、大きなビルが見えてきた。ここが会場らしい。入り口が見当たらなくてビルの周りを歩いていると、パニエバッグを持った女性たちが小さな入り口らしきところに何人か入っていくのが見えた。氷谷もそこからビルの中に入った。

入ってみると、聞いていた通り吹き抜けの構造になっていた。要するに四面が店舗またはオフィスになっていて、中央が空いている口の字の形をしたビルだ。一階中央の空間はステージとホールになり、ホールを囲むように床面が二段ほど高くなった周囲には椅子が並び、その外側のビル内の一般通路部分とは隔てられていた。周りの通路部分からはところどころでちらちらとホールが見える程度に、ついたてが立てられていた。

通路部分を歩いていくと、黄色いコスチュームを着た女性たちが大勢並んでいるのが見えた。そこが受付らしい。黄色いコスチュームの一団はパーティー参加者に挨拶をしていた。その中に津根奈を発見した。氷谷は近づいて、声をかけた。

「おめでとうございます」

「あ、氷谷さん、来てくれてありがとう。記入台はこっちだよ」

津根奈の案内で申込書に名前と所属クラブ名を記入した。津根奈とはそこで別れ、参加申込書にお金を添えて受付に出した。金額は通常の参加費の二〜三倍だった。高いけど、昼食の準備をしなくてもいいくらいスナックが充実していると事前に聞いていた。それで、氷谷は弁当を買ってこなかった。受付は協会関係者、招待者、コーラー、一般に分かれていた。もちろん氷谷は一般大衆である。

男性更衣室はパーテーションで囲まれた仮設のものだった。ビルの中とはいえ、複合施設なので出入りは自由であり、更衣室の前には黄色いコスチュームを着た見張り役が防犯のために座っていた。中に入ると意外と広く、ハンガー掛けがずらりと並んでいた。奥まで進んだところで、青山が茶色でチェック柄のコスチュームに着替えている最中だった。氷谷は声をかけた。

「おはようございます、青山さん」

青山は振り向くと、少し嬉しそうな顔をした。

「やあ、来てくれたんですね。スクエアダンスって楽しいでしょ？　人生を楽しまなくちゃ」

あんたのおかげで楽しめないんだよ、などと氷谷は思いながら、そんなことを言う青山って何者なのか改めて分からなくなった。氷谷はハンガー掛けの近くに荷物を置き、上着を脱いでハンガーに掛けた。そしてシャツを脱いでコスチュームに着替え、最後にスカーフタイを締めた。これでばっちりだ。参加リボンとクラブバッジを胸に付けると、貴重品を入れた小さなバッグを持ちホールに向かった。そして、バッグをステージ横の貴重品置き場に置くと、床が大理石のホールを横切り、ステージが正面に見える椅子席に座った。ステージ奥の壁には銀座スクエアダンスクラブアニバーサリーの横断幕が飾られ、その下には日米の旗が飾られていた。氷谷の座った椅子席から後ろを見ると、二階には飲食店が入っているらしく、照明が窓を照らしていた。ホールの周りはクリスマスか年末を思わせるような飾りつけがされており、天井の高い西洋建築の雰囲気を一層際立たせていた。

午前十時が近づくと、多くのダンサーがパートナーを誘って、ホールのあちこちでスクエアセットを作り始めた。氷谷も一人で居る女性を誘って、空いているセットに入った。

「丸のスケの氷谷です。もうどのくらい踊ってるんですか」

氷谷は相手の女性に声をかけた。名札を見ると、南北スクエアダンスの会の人だ。

「今年が三年目です。今は踊るのがとても楽しいんです。やっと踊れるようになったから」

黙っていると無表情だが、言葉を交わすと笑顔になる。笑顔を見ると楽しくなる。

司会役の人がアニバーサリー開催の挨拶をしてからコーラーを紹介した。曲が流れ、コールが始まった。

「バウ トゥー ユア パートナー、バウ トゥー ユア コーナー、ヘッズ プラマネード ハーフウェイ、サイズ ライト アンド レフト スルー、タッチ ワン クォーター、ボーイズ フン……」

踊っていて氷谷は思った。スクエアダンスを選んで良かったと。いろんな女性に会える。氷谷から見れば年上の女性がほとんどだが、魅力的な女性が多い。この女性は手が柔らかくて温かく、手をつないでいるだけで嬉しくなる。そんなことを考えていたら一瞬、どう動けばいいか分からなくなった。またやってしまった。コールをちゃんと聴いていなかったのだ。たまたま手を取っていたパートナーの女性が、動く方向に手を動かしてくれた。自然の流れで体を動かすと、空いた位置に行くことができた。セットが壊れなくて良かった。この後シンギングも終わり、ブレイクした後で「助けてくれてありがとう」と礼を言った。この女性を今度別のパーティーで見かけたら、顔見知りということで、踊りませんかと誘うことになるのだろうか。

そんなことを考えていたら、「踊りませんか」と氷谷は誘われていた。手をつないで、もう少しコーラーに近いところのセットに入った。この女性にもさっきと同じように言葉を交わした。さっきの女性と同じクラブの人で、一緒にパーティーに来たという。そのクラブは日曜日の夜に例会があるので、このパーティーが終わった後は例会に行くのだという。それは大変だと思った。氷谷の知らないクラブが世の中にはたくさんあるようだ。

次のコーラーが紹介された。曲が流れ、コールが始まる。踊っていると、途中でコールが止まった。

「ちょっと、コーラーの目の前で壊れるの、やめてくれる？」

周りからどっと笑い声が上がった。どうやらコーラーが動きを見ていたセットが壊れたらしい。その隣のセットのダンサーにコーラーは確認していた。

「一組さん手を上げて。で、四組さんは？　そこね、はい。壊れたところはラインを作って待ってなさい」

ラインというのはカップル同士の四人が一列に手をつないで、別のカップル同士の一列の四人と向かい合っている隊形だ。コールの途中でこの隊形になったところから踊りをスタートすることができるため、待ちの隊形でもある。

ダンサーの位置の確認が終わり、コールが再開された。そしてシンギングも終わりブレイクした後で、氷谷はホールを出てスナックコーナーを見に行った。

豪華なスナックを期待して行ってみたら、まあ普通のスナックという感じだった。椅子は無く、ドリンクコーナーのサーバーの置かれたテーブルと、スナックの盛られた皿が並べられたテーブルがあるだけだ。オープンスペースを区切った一画という感じか。食べるエリアはここだけみたいなので、弁当を持ってきて食べるという感じではない。立食パーティーという感じか。ビルの中に飲食店はあるので、これで十分なのだろう。コーヒーを一杯飲んでホールに戻った。

ホールへの入り口のところでCD販売を行っていた。今日の特別ゲストがアメリカのプロコーラーで、CDにはその人のコールが入っているという。シンギング特集とか、プラスの内容とか、パーティーでの録音とか、何種類かあった。有名なコーラーらしい。ホールではちょうどそのコーラーがコールをしている最中だった。

氷谷はホール周囲にある椅子に座り、プロのコールを聴いてみた。日本人でも聴きやすいと思った。もちろん日本のコーラーと同じではなく、どこか独特な感じはした。ダンサーは楽しそうに踊っていた。世界共通というのはこういうことなのだろう。

このチップが終わったら次は踊ろうと思っていたが、次はプラスですとアナウンスがあったので、氷谷はホールの周りを歩いてみることにした。席を立ち、受付近くのエスカレーターで二階に上がってみた。そこから下のホールを一望することができた。ダンサーが小さく見える。踊っているダンサーを上から見ることができるのだ。ここならではの光景だろう。

受付の近くに行くと、津根奈がまだ居た。接客係でもやっているのか。氷谷に気が付いたのか津根奈が声をかけてきた。

「ねえ、午後一時にアメリカのコーラーがコールするの。そのチップを一緒に踊りましょう。一時から始まるからね。あそこの貴重品置き場の前で待ってて」

約束しておけば、他の人に誘われても先約があるからと言って、断ることができると教えてくれた。そういう手があったのか。これで津根奈と踊れる。ヤッホー。

十二時前にスナックコーナーに行った。そろそろお昼ということで、かつサンドを角切りにしたもの、赤飯を小分けにしたもの、巻き寿司など、ご飯ものが運ばれてきた。氷谷は少食なので、これで済ますことができる。デザートの果物も並べられた。食べているとホールからどっと人が出てきたので、氷谷はサンドイッチを掴んで後ろに下がった。テーブルは人だかりとなり、皿の上の残りわずかな食料を確保するために殺気が漂っていた。しかし、追加のご飯ものが運ばれてくると安堵の空気が流れ、食料確保も一段落すると、和やかな談笑へと移っていった。ホールに比べてやや狭いのが惜しまれる。

氷谷は吹き抜けのビルの一階を歩いてみた。レストランもあり、そこで昼食を取っているダンサーの姿が見えた。二階のレストランに行っている人もいるかもしれない。

一時近くになり、氷谷はホール隅の貴重品置き場の前に行く。先に津根奈が待っていた。

「ごめん、遅くなって。ところで、裏方の仕事は大丈夫なの？」

「もちろん。ワンチップ踊ったら戻るから、大丈夫」

昼食時間のホールでのダンスが終わり、午後の部が始まる。津根奈と手をつないでホールの中ほどへ飛び出すと、なんとかスクエアセットに入れた。コーラーが再度紹介される。午前と同じアメリカのプロのコーラーだ。

「聴き取りにくいかと思ったけど、午前のコールを聴いたら意外と聴きやすかったよ」

「そうでしょ。あの人はプロだし日本に何度も来ていて、日本人の苦手な発音とか言い回しを知ってるの。だから分かり易くコールしてくれてるみたい」

曲が流れ、コールが始まった。

「バウ トゥー ユア パートナー、コーナー トゥー、サークル レフト、アレマン レフト、ボックス ザ ナット、ガール スター レフト、ボーイ サーキュレート、パートナー ボックス ザ ナット、ボーイ スター レフト、ガール サーキュレート……」

コール自体は知っていても、この隊形からこのコールをされるのは初めてだった。なんだ、これは。やっぱり日本とアメリカでは違うようだ。そして、新しい経験をすることは楽しかった。津根奈は相変わらず楽しそうに踊ってくれて、黄色いコスチュームの流れるような動きが氷谷の胸をときめかせた。

ブレイクして、津根奈は同じセットの中の男性から次のチップに誘われていたが、手伝いがあるのでと言って断っていた。氷谷もホールの出口に向かう津根奈と一緒に歩いた。

「パーティーが終わったらお茶しない？」

「懇親会があるから、時間的に難しいな」

「ちょっとだけ。どうしてもだめ？」

津根奈は立ち止まり、氷谷の真剣な表情を見た。

「懇親会が終わってからでもよければ」

「もちろん。場所はどうする？」

「そうね、じゃあ最初にカクテルを飲んだバーはどう。そこで九時に待ってて」

そう言うと津根奈は走って行った。

氷谷はその黄色いコスチュームの後ろ姿を目で追った。見えなくなってからホールに戻る。貴重品置き場のバッグから財布を取り出し、アメリカのプロコーラーのＣＤを一枚買った。津根奈と踊った記念だ。

ホール周辺の椅子席に座り、しばらくダンスを見ていた。ブレイクになったところで、近くの女性を誘いホールの中に入っていった。しばらく踊るとセレモニーの時間となった。黄色いコスチュームがずらりと並ぶ。人数が多いので圧巻だ。日本スクエアダンス連盟や東京都スクエアダンス協会の役員からの祝辞、ゲストコーラーの簡単な英語の挨拶も終わり、最後に銀座スクエアダンスクラブの東町会長から参加者全員へのお礼が述べられ、黄色いコスチューム姿の会員が全員礼をしてセレモニーは終わった。

その後、氷谷は踊れるものだけ、メインストリームだけは全部踊った。コールの終わったプロのコーラーがCD売り場の席の隣に座っていた。購入者にサインするためだろう。CDを購入して、コスチュームのスカートにマジックでサインしてもらっている人もいた。

最後のチップが終わったところで、ホールにいるダンサーから「アンコール」の声が上がった。手拍子と共に何度もアンコールを要求する声が上がり、ステージ上のコーラーが「それではもうワンチップを」と言うと、盛大な拍手が起こった。ダンサーたちは、ヘッズとサイズを交代するために、一組のカップルは二組の位置へ、二組のカップルは三組の位置へと反時計回りに一つずれていく。そして曲が流れコールが始まった。

全てのプログラムが終了し、ダンサーたちは名残惜しそうにホールに立っていた。氷谷は貴重品置き場で小さなバッグを手に取ると、ホールを後にした。更衣室に入ると、天井がないのに中は生温かい男たちの熱気でむっとしていた。ぶつからないように奥に進んで行く。自分のカバンのあるところに着いた。青山が着替えを始めていた。やあ、という顔で氷谷は声をかけられた。

「どうだった？　ここのパーティーは」

「ええ、楽しかったですね」

青山は先に着替えを終えてしまうと、何かを待っているようだった。

「ちょっとお茶していかないか？」

青山がまた声をかけてきた。予期していなかったので戸惑ったが、氷谷はいいですよ、と答えていた。

駅に向かう途中にあるコーヒーショップに、氷谷と青山は入った。それぞれコーヒーを買いテーブル席に向かい合って座った。

「ここのパーティーは独特だろ？」

「プロのコーラーも初めてだし、会場も雰囲気があって楽しかったです」

氷谷は素直に答えた。青山は機嫌が良さそうだった。

「だろ？　ここは津根奈に初めてスクエアダンスを見てもらった場所なんだ」

青山は懐かしそうな表情で氷谷を見た。その顔を見て確認したくなった。

「青山さんも津根奈狙いなんですか」

「津根奈狙いって、何だよ、それ。まさか狙ってるの？　冗談じゃないよ、まったく。会社のマドンナみたいな存在なんだよ、津根奈は。守ってあげたいと思うじゃない。幸せになって欲しいと思うじゃない。そうは思わない？」

氷谷は自分の思い違いに肩透かしを食らったような気がした。

「そうなんですか。青山さんは津根奈と付き合いたいんだと思っていました」

「そんな風に見えていたのか。俺にとっては身内というか、津根奈は可愛い妹みたいな存在なんだ。悪い虫が付かないように守っていただけなんだけどなー。でもそんな風に見えていたのなら、付き合っている男が既に居ると勘違いして諦めた奴が居るのかな。それで悪い虫が近づかなかったのなら任務成功なんだけどな」

そう言うと青山は愉快そうに笑った。

青山と別れると、氷谷はファミリーレストランを探した。そこで時間を潰すことにする。中に入りスパゲティーとドリンクバーを頼んだ。注文を済ますと、メロンソーダを取りに行く。スパゲティーを食べ、イヤホンを耳に差し音楽を聴いて時間を潰した。何を話そうか考えながら。氷谷はふと思った。津根奈に男が居ると勘違いした悪い虫とは、青い虫ではなくて赤い虫、つまり自分だったのかもしれないと思った。悪い虫が津根奈と会ってもいいのだろうか。会って津根奈に何を話せばいいのだろう。考えれば考えるほど、頭は空回りしていった。

「待った?」

津根奈が待ち合わせのバーに入って来たのは九時過ぎだった。

「いや、今着いたところだよ」

氷谷のカウンター席の前には空のグラスが置いてあった。

「何を飲もうかな。やっぱりあれかな」

津根奈は前回飲んだカクテルを頼むというので、氷谷も同じものにした。

「いいパーティーだったね。プロのコーラーも良かったけど、会場の雰囲気がぼくは好きだったな」

「今日は来て良かったでしょ。私とも踊れたし。フフッ、しかもプロのコーラーだよ」

津根奈は嬉しそうにしてくれている。津根奈がそこに居るだけで、その場が明るくなった。温かい光が氷谷の顔に降りかかる。そこに座っているだけで氷谷は嬉しかった。

二人の前にカクテルが出された。思い出の味だね、津根奈はそう言うと自分のグラスを氷谷のグラスにカチンと合わせて乾杯した。

思い出の味、津根奈はそう思ってくれているのか。氷谷は幸せだった。

「美味しい」

そう言って津根奈は笑顔を氷谷に向けた。

「前回は氷谷さんが真面目な話をしてくれたから、今日は私が真面目な話をするね」

「そうなんだ。それは真剣に聞かなくちゃいけないね」

そう言うと氷谷は津根奈の顔を見て、いつでもどうぞと目で合図した。

「知ってると思うけど、私が入社した時にはね、私には結婚を決めた相手がいたの」

津根奈の話によると、結婚を決めた相手は同じ学生だった。それで、せめて就職して生活ができるようになってから結婚を考えなさい、というのが母親の意見だった。それから春になり、就職して仕事が始まった。ところが、彼は五月の連休明けには勝手に仕事を辞めてしまう。津根奈に相談はなかった。生活ができなければ結婚はできない。どう考えているんだろうと不思議に思ったという。彼は仕事を探すことよりも津根奈と遊びに出かけることを優先させていた。そのくせお金は無いので、津根奈が支払うことになる。遊び人かもしれない。こんなことを続けていたら破滅だと思ったという。急に結婚が怖くなった。これは大変なことになったと思い、どうしたらいいのか青山に相談した。青山は新入社員研修の時に、営業同行で二週間毎日お昼を一緒に食べた仲で、身近に感じていたから。青山はこう教えてくれた。ローン会社だったら、仕事をしている人にはお金を貸すけど、仕事をしてない人には貸さないと。つまり仕事をしてない男は信用できないというわけ。津根奈は信用できない男と結婚したいのかって。津根奈も思った。なぜこの働かない男のために、自分が犠牲にならなければならないのだろう。そう考えてくると、この男を本当に愛しているのかが問題になる。答えは直ぐに出た。この男の犠牲にはなりたくない。つまりその男を愛してはいなかったと分かった。考えてみれば一度も愛したことは無かった。結婚を申し込まれ、愛されている前提で考えていた。だから愛していると勝手に思っていた。それは勘違いだった。一緒に遊んでいる分には楽しかった。そういう意味では好きだと感じていたと思う。でも結婚となると、好きなことだけやるというのでは成り立たない。嫌でもやらなければならないことはある。一方が倒れたら、もう一方が支えなければならない。お互いを信頼していればの話だが。その信頼も崩れ去った。大恋愛だったわけでもない。遊び人を支えるつもりはない。それで、うまく別れるためにはどうすればいいか、再び青山に相談した。こういうのって、もめて新聞沙汰になると大変だから、慎重に進めた方がいいということになった。一番いいのは相手に愛想を尽かされることらしいけど、どうすればいいのか。相手に好きな女性ができるというのも最高に好都合なんだけど。別れさせ屋というのがあるらしいけど、高そう。お金は無いし。最悪なのは、男がいつまでも津根奈のことが好きだという中で、津根奈がさよならを言う場面。これをやってしまうと男が逆上する可能性があるので、青山が考えてくれることになった。

「で、どうやって別れることができたの？」

青山さんで大丈夫なの？　氷谷はつい話の内容に引き込まれていた。

「青山さんが一芝居打ってくれたんだ。私に好きな人ができて、それが青山さんで、もうあなたのことは好きじゃないって」

「それって、かえって危ないやり方じゃなかったの」

氷谷にはそれがベストな方法とはとても思えなかった。

「でも、青山さんが俺に任せろって。心配したけど、最終的には結婚の約束は解消できた。自分に甲斐性が無かったのだから仕方がないと納得してくれた。悪い人じゃなかったのよ。期待はずれな人ではあったけど」

津根奈の話を聞いていて、なるほどと思った。しばらくは誰にも縛られたくはないと言っていた。そういうことがあったのか。青山さんはいい人だったんだ。

「ヤバかったんだね。でも、危ない目に遭わなくて本当に良かったね」

恋のいざこざで事件になったら、殺されるのは女性ばかりだ。一度は好きだった女性を殺してしまう神経が氷谷には信じられない。一度も愛してはいなかったということになる。自分の言いなりになる女が欲しかっただけだ。そんなのは男じゃない。男の名を汚す輩どもだ。本当の男なら一度は愛した女が去って行っても、その幸せを願うものだ。そういう意味で本当の男というものは死に絶えたのかもしれない。男を名乗るひ弱な偽物ばかりが世の中をばっこしている。氷谷も偽物かもしれない。それなら女性に騙された方がましだ。今は男女平等の時代だって？　そんなこと言ったって、全てが同じというわけにはいかないだろうに。きょうもどこかで女性が殺されているかもしれないというのに。

人間らしさという時、動物のように無邪気な笑顔を指すことが多い。これは嘘だ。それは動物に共通する本能に近い、つまり人間らしさに最も縁遠いものだ。では本当の人間らしさとは何か。メスに振られたら、それならそのメスを殺すという動物のオスは居ない。それが自然の摂理だ。それに反して、女性に振られたら逆上してその女性を殺すのは人間の男性だ。人間特有の行動だから、人間らしいとしか言いようがない。それが氷谷の男嫌いの原点だ。ホモ・サピエンスを名乗る以上、本当のことは言えないのだろう。人間社会ではよくあることだ。津根奈の話を聞いていて、ついぐだぐだと考えてしまった。

「そろそろ出ましょうか」

津根奈に促されて、氷谷は腰を上げた。

バーの扉を開け外に出てみると、ひんやりとした夜の空気が氷谷の頬を撫でた。

「これからどこに行こうか」

津根奈が目を輝かせて聞いてきた。凄く可愛い顔。

氷谷は帰るものだとばかり思っていたので、次にどこかに行くなんて、一つも考えていなかった。何を言えばいいのか、氷谷の頭の中は真っ白になった。沈黙の時間が流れる。

津根奈の機嫌がだんだん悪くなる。

「ねえ、何か言ってよ、もう！　ふにゃふにゃしい」

何か言わなくちゃ。氷谷は焦った。俺は男だ。ふにゃふにゃじゃない。津根奈は何かを待っているのだろうか。その時、頭に歌麿の絵が浮かんだ。誘っているのか。日本の女性は積極的だ。声が聞こえる。青山の声だ。人生を楽しまなくちゃ。間違いない。氷谷は口を開いた。

「ホテルに行こう」

津根奈の顔色がさっと変わった。しまった、誘ってなんかいなかったんだ。悲しそうな顔をして氷谷を見つめる津根奈。その瞳は潤んでいるように見えた。黒い瞳がじっと氷谷を見つめてくる。氷谷は泣きたい気分だった。もう終わった。津根奈の顔が涙でぼやけてきた。もう津根奈の目を見ることができない。どうすればいいのか分からない。沈黙のままうなだれる。消えてしまいたい……。

「ごめんなさい。用事を思い出したの」

そう言うと津根奈は、くるりと背を向け歩き出した。すぐ隣に居た存在が遠く離れていく。もう会えないだろう。氷谷の好きな女《ひと》。好きだった女《ひと》。その後ろ姿が見えなくなるまで、氷谷はその場に立ち尽くしていた。どうしていいか分からず、氷谷は目から涙が流れていることを気にもせず、そこに立ち尽くしていた。津根奈の後ろ姿は涙で見えないが、もう見えなくなる頃だろうか。通りすがりの人が不審そうに振り返って氷谷を見る。自分は不審者に見えるのだろう。そんなことはどうでもよかった。津根奈に不審者と思われたことが悲しかった。好きな女と幸せに暮らす、無理だ。自分にはできない。やっぱりできなかった。この悲しみをどうすればいいんだ。

ニンジンはぶら下がっていただけなんだ。そんなことは分かっていたのに。分かっていたのに。どうして同じことばかりやってしまうんだろう。

帰りの電車で座ることができた。氷谷の目からは涙が止まらない。昔、電車の中で涙を流している女性を見かけたことがある。女性は座っていて、氷谷はその前に立っていた。好きな男に振られて帰るところだったのだろうか。綺麗な顔の女性だった。これはありふれた人生の一コマなのだろうか。それ以来、電車の中で涙を流している人を見かけたことはない。きょうの自分以外で。

氷谷は泣きながらアパートに帰った。もう何もしたくない気分だった。氷谷の人生は同じことの繰り返しだ。少年老い易く学成り難し、か。仕事に生きる、それもできていない。全てが中途半端だ。未来に希望はないのか。目の前にニンジンをぶら下げられ、食べようとしたら取り上げられてしまう。待て、と言われていたのか。それとも、お手、と言われていたのか。分からない。ワンワン、分からないよ。ニンジンなんか大嫌いだ。嫌いなのになぜ悲しいのか。津根奈は言っていた。ただつまずいただけだと。立ち上がって、また歩き出せばいいのだと。そんなことは普通のことだと。そうかもしれない。でもそこに津根奈はもう居ないじゃないか。それなのにまた新しい出会いがあるなんて言われても。それを信じる振りをして歩いていけばいいのですか？

四　冬の凍える心は春を待つ　再び初心者講習会

休み明けの月曜日、氷谷は普段通りに出勤した。事務室では朝のいつもの光景が繰り広げられていた。森川さんの様子に変わったところは見られない。パソコンを立ち上げメールをチェックする。今日のスケジュールを見てから、実験ノートで検討内容を確認した。いくつかのメーカーには気になっていたサンプルを送ってくれるように依頼した。

検査部は月曜日休みなので、検査部での検討はできない。氷谷は研究室に入り、異常高濃度の検体が低めの測定値になる問題について考えていたが、具体的にどうすれば問題解決となるのか考えあぐねていた。

ふと気づくと、森川さんが実験ノートに何か絵を描いているようだ。氷谷の視線に気づいたのか、森川さんは口をとんがらせて氷谷を見た。その後ろでは分析機がカタカタと音を立てている。良いデータが出てないのかもしれない。

「何の絵を描いてたんですか」

氷谷は気になって声をかけた。

「この反応はどうなっているのかなと考えていたの。目に見えないから絵を描いて、見えるとしたらこんな感じかなと思って」

氷谷はハッと思った。

「それ、すごくいいですね。思いつかなかったです。ぼくもやってみます」

椅子に座ると、氷谷はまずノートに丸いビーズを大きく描いた。次に、その表面にくっついている抗体を描いた。この抗体に測定対象物、これをXとすると、Xが結合する。そこで氷谷はビーズ表面に描いた抗体にXをくっつけて描いた。この絵を見ていて、氷谷はあることに気が付いた。ビーズの表面積は一定だ。その表面にくっつけることのできる抗体の量も一定になる。もし、この抗体全部にXをくっつけても、とんでもない高濃度の検体だったら、まだ反応液中にXが残っていることになる。では標識抗体はどうだろうか。標識抗体の量も一定だ。サンプル中にXがあれば標識抗体と反応する。もし、ビーズ表面の抗体全てにXが反応してくっつき、そのXに全て標識抗体が反応してくっつけば、測定される計数は最高となる。もしとんでもない高濃度の検体だった場合には、標識抗体全部がXと反応しても、まだ残されたXが存在することになる。例えば標識抗体と反応したXが全体のXの半分だとしたら、ビーズの表面の抗体に反応するXのうち、標識抗体のくっついたXは半分しか無いことになる。反応液中に残ったXも、半分は標識抗体がくっついている。そうすると、ビーズで測定される計数は半分になり、標準曲線から導かれる測定濃度は誤ったものになる。この絵からはそれが言える。分かった！　希釈再検査しなければならない検体は、ビーズの表面に標識抗体を付けていないXが存在する検体なのだ。分かってしまえば簡単なことだ。今まで集中して考えていたので、頭がぼーっとする。氷谷はどっと疲れが出た。目がだるい……。気が付いたらノートの上に突っ伏していた。

「氷谷さん、氷谷さん」

森川さんの声が遠くで聞こえた。何度も呼ばれたような気がする。顔を上げると森川さんの顔が見えた。

「顔色が悪いわよ。大丈夫なの」

森川さんの言葉で、額に冷や汗をかいていることに気が付いた。まだ頭がぼんやりしている。立ち上がると、氷谷は「ありがとう」と言って研究室を出た。事務室に戻ってデスクに座ると、頭が重い感じがする。自動販売機にコーヒーを買いに行き、事務室に戻ってコーヒーをすすった。いつもと味が違う。月度報告会の資料の締め切りが近い。今日考えたアイデアは、データが出るまで伏せておくことにした。

午前の仕事を終え、昼食後に社員レストランで休んでいると、森川さんがこちらに歩いてくるのが見えた。そして、氷谷の向かい側に座った。

「何か悩み事があるんじゃないの。今日の氷谷さんは変だわ」

「そんなことないですよ。それよりも、ダンスのパートナーとはうまくいってるんですか」

氷谷は心の中を悟られないように、いつもの攻めの質問をした。

「うまくいってるわよ。そりゃ、前のパートナーの方が上手だったけどね。でもそれは仕方ないわよ。若いんだから。大目に見てあげなきゃ」

森川さんは氷谷の顔の表情から何かを掴んだようだった。

「ところで、津根奈さんとはうまくいってないんでしょ。その後進展はないの?」

「だって、振られたんだからどうしようもないじゃないですか」

氷谷は昔の話でもするような表情で、淡々と答えた。

「それは随分と昔の話でしょ」

森川さんにそう言われ、氷谷はまだ話していないことに気が付いた。

「最近のことです」

氷谷の答えに、森川さんは驚くというよりはあきれたようだ。

「なんで何回も振られてるのよ……」

森川さんはこらえきれずに、プッと吹き出した。

「ごめんなさい。それにしても、何があったのか、全部吐き出してすっきりしたら」

森川さんにそう言われ、氷谷はパーティーが終わった後のことを隠さずに話してしまった。話してしまうと、少し楽になった。

「氷谷さんって、そんな深い仲になっていたの？　あの津根奈さんと」

「分からないんです」

「本当にお付き合いしてたの？」

「だから、分からないんです」

話していて、氷谷はあまりの情けなさに愕然とした。

「馬鹿みたい。お付き合いしていたかどうかも分からないなんて。自分の気持ちを話したことは無いの？　津根奈さんの本当の気持ちをまだ聞いてないんでしょ」

そんな風に言われるとは思ってもみなかった。氷谷は森川さんの顔を見た。

「そんなこと言ったって、ストーカーじゃないんだからできませんよ。迷惑じゃないですか」

「もし津根奈さんが氷谷さんのことを好きだったらどうするの？　本当の気持ちを言ってくれない方が、彼女にとっても迷惑なんじゃないの。自分に嘘をついて生きていくことになるわよ」

なんで森川さんはそこまで言うんだろう。

「じゃあ、森川さんが興味のない男に、熱い心の内を告白されたらどう思うんですか。迷惑なだけじゃないですか」

氷谷の必死な顔に、森川さんはちょっと驚いたようだ。

「氷谷さんが本当の心の内を話せば、津根奈さんも本当の気持ちを話してくれると思う。どっちにしてもすっきりするわよ。それとも、もやもやしたまま生きていくわけ？」

津根奈の本当の気持ちは分かっている。拒否されたんだから、それで十分じゃないか。いや、違う。本当のことを言おう。氷谷は彼女の顔を見ることができないのだ。みっともない自分の顔をこれ以上見られたくないのだ。これ以上恥をかかせないで欲しい。消えてしまいたい……。


日の丸会館の地階ホールでは、今日も色とりどりのコスチュームを着た女性たちがスクエアダンスを踊っていた。丸のスケの例会なら津根奈と顔を合わさなくて済むので、氷谷には安心だった。これ以上自分の阿呆面を晒したくはなかったのだ。

黒木さんの顔が見えたので、氷谷は声をかけた。

「銀座スクエアダンスクラブのパーティーに行ったけど、すごく良かったよ」

「え、すごいですねえ。外国のコーラーが来てたんでしょ。どうでした？」

黒木さんはパーティーに参加しても踊れるのに、遠慮している感じがする。

「プロのコールはぼくでも聴いて分かった。日本人の分かりにくい英語よりはいいかも」

「そうなんですか。じゃあ、来年はぜひ行かなくちゃ」

「それに、会場がとても素敵だった。吹き抜けのビルの中で、普通の会場と違うの。ちょっと他にはない感じだった。来年はそこで一緒に踊りましょ」

その日のミーティングでは、十二月最初の日曜日に東京ジャンボリーがあるから、新人の人も参加してくださいとのことだった。東京都スクエアダンス協会主催のパーティーなので、クラブコスチュームを着用する。新人の中から選ばれた人と会長がクラブの旗を掲げて行進し、クラブの紹介がされるのだという。東京にはどんなクラブがあるのかを知ってもらうために。

「氷谷さんも行進に参加すればいいじゃない」

多々野さんが無責任なことを言う。

「いえ、綺麗なお姉さんたちがたくさん居ますから、そちらにお任せします」

「嘘ばっかり。銀座の女の子にはかなわないわよ」

多々野さんはそう言って笑った。

後半の例会でスクエアセットを作った時のことだ。

「うわあ、本物の男性が四人も揃った」

セットの中の誰かが嬉しそうな声を上げた。男性が少ないので、女性がたすきを掛けて男性役としてセットに入ることが多いのが実情だ。男性の氷谷は気が付かなかったが、本当の男性が四人そろって入っていた方が女性は嬉しいのだろうか。男性といっても氷谷と年配者二人とぶつぶつオヤジの四人なのだが。

ブレイクした後で、同じスクエアセットにいた若山の奥さんに聞いた。

「女性はセットの中に本当の男性が四人いた方が嬉しいんですかね」

彼女は怪訝な顔をしたが、答えてくれた。

「私は特に意識はしないけど、どっちかというと無意識のうちに緊張してるかも」

「ぼくなんかにも緊張とかしますか？」

「氷谷さんには、男性だからと言って緊張感とかは湧かないなあ。でも、ぶつぶつオヤジとかはね」

最後のところを小声で言うと、彼女は小さく笑った。

プレッシャーを感じるというのは、氷谷でも分かる気がする。女性はお喋りで脳味噌を鍛えているので、どんな環境変化にも柔軟に対応できる。男性も若いうちはいいのだろうが、頑固な年齢になってくると脳味噌もカチカチになってくる。そうなると口から出てくるのはブツブツばかり。老いては子に従え、と言う。これは男性にも当てはまるのではないか。いつまでも教師面していると、高転びに転げ落ちるであろう……むにゃむにゃ。ゴーン、鐘が鳴る鳴る本能寺。

早いもので、クラブの例会に毎週通っているうちに月が替わり、カレンダーは最後の十二月を残すのみとなっていた。

今日はジャンボリーのある日だが、氷谷は行かなかった。日曜日の遅い朝に近所の喫茶店でモーニングを食べていた。もう十二月だという、なんとなく気ぜわしい雰囲気が漂っていた。あっという間の一年だった。

パーティーに行って踊れば楽しいはずだ。思い出すなあ。楽しかったことを。思い出すなあ、津根奈と踊ったことを。身体《からだ》は行きたいと言っている。でも、頭は楽しめないと言って蓋をする。そして何事も頭から腐るという。それならば身体《からだ》の欲することをすればいいではないか。それでは犬畜生と同じだと言われる。頭が無ければ人間ではない。津根奈に相談すれば、馬鹿じゃないの、と可愛い声で言ってくれるだろう。また妄想癖が始まったと言ってくれるだろう。あの声を聞きたい。もう一度聞きたい。氷谷はいったい何を気にしているのだ。誰も氷谷のことなんかこれっぽっちも意識していないというのに。


研究部の事務室で、氷谷はパソコンをいじりながら朝礼を待っていた。時間が来た。

「今日の昼、十二時から動物慰霊碑前で慰霊祭を行いますので、関係者は出席してください」

村上課長からそう言われた。

動物慰霊祭といっても、僧侶が来てお経をあげるだけらしいのだが。今年はウサギの件があるので、氷谷は指名されたようなものだ。まだ参加したことは無かった。

十二時前に教えられた場所に行ってみると、研究所の敷地の一画に動物慰霊碑はあった。数名の人が集まっていた。高山と横野の姿は無い。罰当たりな奴らだ。僧侶が現れ、読経を始めた。氷谷は目をつぶり、手を合わせた。頭の中を音楽のようにお経が流れていく。

死とは何か。存在が無くなることだ。生き物はいつか死ぬ。生きている間に何をなすべきか。死んでしまったら、何もできない。仕事に生き甲斐を見つけるべきか、好きな女と楽しく暮らすべきか。どっちが良いかなんて、もう分からない。好きな女が死んでしまったら、どんなに悲しいことだろう。何としても守らなければ。いつも意識している。やっぱり津根奈が好きなんだ。自分が勝手に好きだと言っているだけだ。津根奈に迷惑はかけたくない。秘密にしておこう。ずっと幸せでいてほしい。そう祈っているよ。

気が付くと、動物慰霊祭は終わっていた。

いつもの時間にアパートを出て、いつもの時間に地下鉄で最寄りの駅に着く。改札を出てエスカレーターに乗り、地上に出るとそこから徒歩五分で日の丸会館に着く。初めてここに来た日のことを思い出す。ここで社交ダンスをやっているんだ、と胸を膨らませて見上げたものだ。

日の丸会館の中に入り階段を下りて受付を済ませると、ロビーのコーナーに行きそこでコスチュームに着替えた。今ではスクエアダンスを楽しんでいる。

ホールに向かう途中で、多々野さんに呼び止められた。

「ジャンボリーには来なかったのね。忙しいのかな？」

氷谷は返事に困ったが、プライベートなことを話すのも変だ。

「最近仕事が忙しくて、ちょっと疲れてしまったので」

「あらそう、年末だしねえ。残念だわ。銀座の女の子も来ていたのに」

多々野さんは氷谷が本当に疲れていると思ったのか、心配そうに氷谷を見た。

「いえ、もう休んだので大丈夫です。心配かけてすみません」

ホールに入ろうとする氷谷に、思い出したように多々野さんは言った。

「そうそう、黒木さんが女性専用のクラブに移籍したいんだって」

「え、黒木さんが？　そんなクラブがあるんですか」

多々野さんが教えてくれた。ジャンボリーではフラッグ行進というのがある。クラブの旗を持って行進するの。行進するのは会長と旗手二人。そこでクラブの紹介があるんだけど、その中に女性専用ですと紹介されたクラブがあって、黒木さんはそれを聞いて知ったのだという。その会長に移籍したいと話したら、切りが良いところで来年の一月から来なさいと言われたらしい。

そういえば男性が居ると緊張を感じると若山さんは言ってたけど。そうだ、あの時だ。ぶつぶつオヤジのせいだ。黒木さんは繊細な神経の持ち主なのだ。心に傷を負ってしまったのかもしれない。氷谷は黒木さんを守ってやれなかった。どうすれば良かったのか。

氷谷はスナックタイムになるのを待って、黒木さんに近づいた。

「他のクラブに行っちゃうって聞いたけど、本当なの」

「え、もう聞いたの。早いわね。でも移籍するのは来年だから」

せっかく知り合うことができたのに、身近に感じていた人から去っていくのかと思うと、なんともやりきれなかった。スナックタイムが終わって最初のチップを一緒に踊ろう、黒木さんとそう約束した。

氷谷は長老のところに話を聞きに行った。

「スクエアダンスに女性専用のクラブがあるそうですが、どう思いますか」

「どう思うかって、それは趣味のクラブなんだから、とやかく言うことではないと思うが」

長老も困ったような顔をした。

「ダンスは男性と女性が楽しむために生まれたんじゃないんですか」

氷谷は食い下がった。

「学問的なことは知らない。だけど、スクエアダンスは男と女が楽しむために生まれたんだ、ということはそうだと思う。ヨーロッパで男女が踊っていたダンスが起源なわけだから」

「じゃあ、なんで男性お断りなんですか」

「だったら女性お断りのクラブを作ればいいじゃないか」

「嫌ですよ、そんなの」

氷谷の答えを聞いて、長老は声を上げて笑った。まあまあ落ち着きなさい、という風に長老は氷谷をなだめた。

「アメリカでは出かける時には夫婦で出かけることが多い。スクエアダンスも夫婦で参加するのが普通だ。そういう社会なんだよ」

だからアメリカでは女性だけのクラブなんて、考えられないだろう。一方、日本では一人で参加する女性が多い。いつも夫婦一緒という感じではない。その差は大きいという。

長老は続けた。

「日本には歌舞伎がある。男が女役を演じている。宝塚歌劇というのもある。これは女が男役を演じている。アメリカには無い日本の文化だ。もちろん普通の劇団もある。宝塚が好きだという人が居たっていいじゃないか」

そういう問題ではないと氷谷は思っていた。

「丸のスケの雰囲気が、黒木さんには居心地が悪かったということじゃないんですか」

長老はちょっと天を仰いでから、氷谷を見た。

「もしそうなら、それは残念だと言うほかない。しかしそう思っているなら、氷谷君、きみがやるしかないじゃないか。佐田会長に不満があるというなら」

「そんな、不満なんてありませんよ」

「口先だけ達者でも誰も付いてきやしないよ。政治家にはなれるかもしれないがね」

ホールから「あと男性一人」と声がした。例会の後半が始まる。扉の入り口で黒木さんが待っていた。佐田会長の奥さんがスナックの後片づけをしていた。長老に礼を言い、遅くなってごめんと言いながら、氷谷は黒木さんの手を取って空いていたセットの中に滑り込んだ。ホールの扉が閉じられた。

マイクを握っているのは佐田会長だった。

「どーも。では始めたいと思います。この間のジャンボリーでこんなコールがありました。ご紹介します」

音楽が流れ、コールが始まった。

「バウ トゥー ユア パートナー、コーナー トゥー、ヘッズ スイング スルー、スピン ザ トップ、イクステンド、スイング スルー、スピン ザ トップ、スイング スルー、スピン ザ トップ、サーキュレート、スピン ザ トップ、スイング……」

えーっ、ダンサーから声が上がる。なにこれ。同じコールの繰り返しで、笑い声が広がった。

「アレマン レフト、グランド……」

ちがーう、ダンサーからまた声が上がった。コーナーじゃないよ。

「オン スリー、パートナー プラマネード」

さすがー、安堵の声が上がる。いつもは五人目がパートナーなのだが、今回は三人目だったというわけ。

「サイズ リード ライト、サークル トゥー ア ライン、ライト アンド レフト……」

コールは続いた。その後にシンギングがコールされ、それも終わりブレイクになった。

へんてこな内容だったが、面白いと感じた。いつも意外性のあるコールをするのは大変なことだと思う。コールだけでも大変なのに、クラブの運営はもっと大変だろう。会社で言うなら、コーラーは専門職で会長は経営者だ。コーラーが会長を兼ねるクラブは多いそうだから、クラブの運営には専門知識が必要なのだろう。氷谷は会社の中では専門職だから、コールはやってみると意外と合っているのかもしれない、などと思った。

最近、本山さんを見かけない。十年前まで踊っていて、今年出戻りした人だ。新人の中では一番上手な人なのに。どうしたのだろう。春に初心者講習会が始まり、今年最後の月であり季節もこれから寒くなり、心も寒くなりがちだという時に、一番上手な人が去っていく。どうしてどうしてこんなことが。冬去春来という言葉があるらしい。春を待つのだ。

最近、朝起きるのが嫌になる。空気がひんやりしているから。寒いなと思ったら風邪を引いてしまうことが多いので、氷谷はかなり用心していた。一時は朝早く出勤していたのが、今では元に戻ってしまった。始業前の事務室には全員がそろっていた。

「今日は忘年会だから来なきゃだめよ。去年は来なかったでしょ」

森川さんが氷谷に声をかける。

「去年は行こうと思ったけど、行き先が分からなかったんですよ。事務室には誰も居なくて。ちゃんと聞いてなかったので。今年は場所をちゃんと聞きましたから、もちろん行きますよ」

今日は事務室でのまとめに専念しよう。気が付くと、周りは皆そんな感じだった。終業時間が来て、皆が一斉に帰り支度を始めた。

忘年会の場所は駅前の山猫という居酒屋だった。部の忘年会なので人数が多く、ほとんど話をしたことの無い人もいる。店に入ると二階の広い和室にテーブルが並んでいた。ぞろぞろと入って行き、隅の方から座っていく。氷谷は森川さんの隣に座った。席が埋まるのを待つ間に、飲み物のメニューが回ってきた。料理はあらかじめ決められたものが順番に出てきて、飲み放題ということだった。

最初はビールがグラスに注がれ、山岡部長が今年の研究部の総括をして、乾杯の音頭を取った。

「カンパーイ！」

皆の声が大きく響いた。

「去年もここだったんですか？」

氷谷は森川さんに聞いてみた。

「去年は別の居酒屋だったわね。いろんな種類の地酒があって。幹事の趣味で忘年会の場所はコロコロ変わるのよ」

「そうなんですか。居酒屋もいろいろあるんですね」

森川さんがコロコロと笑った。

「氷谷さんはいいわねえ。青春真っただ中なんですから」

「やめてください。もう三十路前なんですから。アラサーですよ」

氷谷は若いと言われるのが恥ずかしい歳になっていた。

「氷谷さんが青春じゃなかったら、誰が青春なんですか。だって、恋愛現役でしょ？　最高じゃない」

森川さんは刺身のサーモンを口に入れると、さも可笑しそうに氷谷の顔を見た。

「恋愛なんてしょせんぼくには無縁なんです。だからぼくは結婚ができないんです」

「嘘ばっかり。好きな子がいるじゃない。当たって砕けたんですか。それが青春でしょ。違うの？　当たる前に逃げ出したんじゃ、結婚なんてできるわけがないでしょ」

森川さんにそう言われると、氷谷は反論できなかった。当たって砕けろ、か。ダンスであの柔らかい手を握っただけだ。それなのに氷谷はもう終わったと思っている。そんなことをごたごたと話すこと自体が嫌だった。ただただ美しくない。

「森川さんの場合は、どっちが先に結婚しようって言ったんですか」

氷谷は参考までに聞きたいと思っていた。

「男の方に決まっているでしょ。女から言ったらダメなの。だから女の方が本当に好きになったら、そう言わせるような状況に男を追い込む女はいるみたいだけど。悪い女よねえ。それとも、氷谷さんはそういう女の方が好きなの？　嫌でも結婚する羽目になっちゃうわよ」

「いや、それはちょっと。結婚って大学の入試より難しいですよね。みんなどうやって結婚相手に出会っているんだろう。誰も教えてくれないし」

森川さんは、まるで氷谷に恋のレッスンを教授してくれる先生みたいだ。でもどうやって出会うのかまでは教えてくれない。

周りを見渡すと、お酒がかなり進んでいるようだ。みな思い思いのところに席を移して話し込んでいる。森川さんもアルコールを楽しんでいるようだ。

「ところで、森川さんは、結婚したい男性が居たとして、その人と結婚できないとなったらどうしますか。文学なんかの世界では死んじゃうみたいですが」

森川さんは、えっ、という怪訝な顔をして氷谷を見た。

「たとえば?」

氷谷は以前に思ったことを話した。白鳥の湖がそうだ。曽根崎心中。ロミオとジュリエット。理由はいろいろかもしれないけど、最後には死んでいる。結婚できないからって、死んじゃうだろうか。まるで、結婚を阻む者たちへの恨みにしか思えない。

「それは身分制度のあった時代のことでしょ。障害があるほど恋は燃えるのよ。でも、今は違うと思うけどな。結婚してもしなくても生きていける時代だから。結婚の価値は下がったのよ」

確かに森川さんの言う通りだ。今は大恋愛が成立しない時代なのだと思う。

「森川さんは、運命の人とかを信じますか? 運命の人は白馬にまたがる王子だとか」

あのねえ、というあきれた目で森川さんは氷谷を見た。

氷谷は森川さんに自分の思っている考えを話した。昔、動物行動学の本を読んだことがある。カモだかアヒルだかの子は、生まれて初めて見る動くものを自分の母親だと認識するらしい。だから、カモとかアヒルの子は生まれて直ぐに動く人間を見たら、母親だと思って付いてくる。本当の母親を捜していたら、死んでしまうからかもしれない。それを防ぐための本能だという。自然界ではそれが合理的なのだろう。

人を好きになるのも、同じではないのか。本当にハンサムだったり美人だったりする人なんて、ほんの一握りしか居ない。皆がそういう人と結婚したいと思ったら、ほとんどの一般大衆は結婚できない。そういう人じゃなきゃ嫌だと言っていたら、ほとんどの人は幸せになれない。そうではなく、何かのきっかけで近くに居た人を好きになるように本能が仕向けていたとしたら、ほとんどの人は結婚することができて幸せになれる。なぜその人が好きなのか、その理由を説明することはできないが。あばたもえくぼと言う。それは単なる錯覚だ。アヒル並みかよ、人生は。

山岡部長が氷谷の隣にやって来た。

「結婚の話か。青春だなあ」

笑いながら、部長は日本酒をグラスに注ぐと、さあ飲みたまえとでも言うように差し出した。氷谷はグラスを受け取ると、グイと飲んだ。

「ところで、検査部から依頼された例の検討は進んでいるかね」

山岡部長がここに来たのは、それを聞きたかったからのようだ。

「ええ。検査部も喜んでくれそうな方法を思いつきました」

山岡部長は真面目な顔をした。

「それは凄いじゃないか。さすが、私の後輩ということだな。で、どういう方法なんだ」

「はい、測定の終わったビーズを廃棄せずに取っておき、希釈再検する検体が決まったら、その測定済みのビーズに、更に標識抗体を反応させる、という方法です。その結果、計数値が大きく増加したビーズは希釈再検査が必要、そうでないものは不要、ということです」

山岡部長はいかにも興味深そうに聞いてくれた。

「なるほど、廃物利用か。考えたな。では、月度報告会を楽しみにしているよ」

「はい。ところで、部長はいくつも忘年会に出席されているそうですが、大変ですね」

部長は氷谷のことを後輩と認めてくれたのか、人生観のようなものを話してくれた。

「酒を飲むというのは仕事の一部だ。十二月に入れば、俺は毎日が忘年会なんだ。あちこちの部署で忘年会に顔を出すからな。話は本人から直接聞かなくてはだめだ。それが情報というものなんだよ」

「そうなんですか」

氷谷はそこまで真剣に仕事に向き合ってはこなかったような気がする。山岡部長の話は氷谷の胸をチクリと刺した。専門職なら「二十四時間サイエンス」の心づもりが無いと仕事なんかできない。この会社に来る前はそのつもりでいつも何かを考えていた気がする。実を結ぶことは無かったが。だからその気持ちは前の会社に置き忘れてきたのだろうか。最近は二十四時間サイエンスなんて、とても考えていない気がする。仕事に生きることは失敗した。好きな女と楽しい生活を送ることも夢と消えた。後は何が残っているんだろう。小さな仕事をコツコツとこなすだけの地味な生活が待っているのだろうか。夢が無さすぎる。

忘年会が終わり多くの者が二次会に行く中で、氷谷は独り参加せず、歩いて帰った。


土曜日の午後、氷谷は洋書店にいた。クリスマスプレゼントを探すためだ。もちろんプレゼントを渡す相手が居るわけではない。丸のスケでは今日の例会が今年最後となり、例会の内容もクリスマスパーティーになるのだという。交換用のプレゼントと、できればクリスマスらしい仮装を、ということだった。

プレゼント用に小さなクリスマスの絵本と、サンタの赤い三角帽子を買った。

日の丸会館の地階のロビーに下りると、なるほど、クリスマスパーティーの雰囲気が漂っていた。氷谷はコスチュームに着替え、赤い帽子を被り、プレゼントを持ってロビーに戻った。そしてプレゼントの包みを指定されたテーブルの上に置いた。

ホールの中に入り椅子に座って見ていると、仮装している人が身に着けているのは帽子、猫耳付きカチューシャ、サンタの髭など、手軽なものがほとんどだった。そのうちに、トナカイの着ぐるみを着た人が入って来た。夫婦でクマのプーさんの着ぐるみを着ている人も居た。ここまでやるとは思わなかった。スクエアダンスはアメリカ発祥ということか。

始まる時間が近くなると、皆はパートナーを誘ってスクエアセットを作る。氷谷も黒木さんを誘ってセットに入った。あちこちに、あっという間にスクエアセットが出来た。

「どーも、今晩は。今年最後の例会はクリスマスパーティーです。今年は新人もたくさん入会してくれて、丸のスケがますます発展していることを嬉しく思います。今日は素晴らしいスナックも用意しております。それでは、今日も楽しく踊りましょう」

佐田会長がマイクを持って挨拶をした。曲が流れ、コールが始まった。

「バウ トゥー ユア パートナー、コーナー トゥー、ヘッズ スクエア スルー フォー、メイクライト ハンド スター、ヘッズ スター レフト インサイド、ライト アンド レフト……」

ハッシュコールが終わり『ラスト クリスマス』の曲でシンギングのコールが始まった。聞いているとジーンとする。氷谷は津根奈を思い出していた。歌詞では、去年は涙を流したけど、今年はもう流したくない、となっている。氷谷が涙を流したのは今年だ。来年はどうなっていることだろう。出会いも無く涙も流さない孤独な静寂に包まれているのだろうか。シンギングコールが終わり、八人が輪の中心に向けて手を伸ばして「サンキュー」と声を出してブレイクとなった。

氷谷は黒木さんに声をかけた。

「今日で最後だね、寂しくなるよ」

黒木さんは氷谷の顔をちらっと見た。

「どこかのパーティーで見かけたら、誘ってくださいね」

「うん、一緒に踊ろうね」

今日は黒木さん最後の日なので、黒木さんを誘う人が多い。黒木さんと踊った後、ぼさぼさしているとスクエアセットに入れなくなるので、近くの人を捕まえてさっと入った。氷谷の入ったスクエアセットの中にクマのプーさんがいた。女性の方だ。さすがに動きにくそうだ。氷谷は赤の三角帽子を被っている。なんとなく気になる。でも踊ってみれば、また違った楽しさがあった。別にダンスの競技をしているわけではない。正しい動きもくそもない。一緒に動いていることが楽しいのだ。今日はクリスマス関連の曲が多かった。

今日はミーティングの代わりに、有志による演奏披露があった。ステージに上がり、四人が弦楽器と金管楽器を披露した。丸のスケには多趣味な人が多い。生活にゆとりがある証拠だ。

スナックタイムになった。ホールからロビーに移動して、テーブルに用意されたスナックを見ようと思ったが、人だかりで見えなかった。パニエで膨らんだスカートに阻まれて前に進めない。いつものことだ。わずかな隙間から見えるのは、乾きものではなく、料理系のものだった。獲物をいっぱい紙皿に載せているお姉さんが、人だかりの中から出てきた。氷谷は徐々にテーブルに近づき、そこに並んだ料理が見えてくる。氷谷も紙皿に料理を載せることができた。なるほど、やっとクリスマスパーティーらしくなった。

この賑わいは、昔の日本なら盆と正月がいっぺんに来たとでも言えばいいのだろうか。アメリカの流儀なので、誕生日とクリスマスがいっぺんに来たような、となるのだろう。などとぶつくさ考えながら食べていると、佐田会長に声をかけられた。

「大晦日に年越しパーティーがあるんだけど、来てくれるよね?」

いろんなクラブの人が集まり、会長もコールするのだという。

「え、大晦日ですか。ちょっと田舎に帰るかもしれないんで」

「それは残念だなあ。じゃあ、正月休みが終わって直ぐの日曜日にアニバーサリーがあるから、そこで会いましょう」

「はあ、来年のことはまだ分かりませんが」

ラッピングされた箱型や袋状のプレゼントが山と積まれたテーブルがロビーからホールに運ばれた。ホールから声がかかった。

「えー、プレゼント交換の時間が来ました。お好きなプレゼントを一つだけ取ってください。プレゼントを出さなかった人は取らないでください」

ロビーからホールに人がどっと移動した。氷谷の出したプレゼントがどこにあるのか、分からなかった。持ち運びのことを考えて、氷谷は小さめの箱を選んだ。開けてみると小さなサンタさんが入っていた。

プレゼントの内容を他の会員に見せて、不平を言っているお姉さんもいた。

「私は新しく買ってきたものを出したのに、見てよ、これ。押し入れの奥から出してきたみたいなの。白くなってるところがあるでしょ。カビかしら。ああ、気分が悪い……」

ダンスタイムになり、最後のチップが終わった後で、最後にカップル全員で大きな輪になって、グッバイ グランド ライト アンド レフトを行った。男性は反時計回り、女性は時計回りに右手から始まって左手右手と交互に手を取っていきながら、今日ダンスをした全員にお互いに顔を見て挨拶し、元のパートナーに戻ったところで挨拶は終わった。これで今年最後の丸のスケの例会が全て終了した。

昨日は官庁の仕事納めで、今日は氷谷の勤める会社の仕事納めの日だ。事務室に入ると空気がひんやりしている。空調が入ってまだ時間が経ってないのか。今日は納会があるので、実験などはできない。机の上に溜まった書類を整理し、不要文書をシュレッダーにかけていると、森川さんも書類を持ってやって来た。

「あ、もうちょっと待ってくださいね」

氷谷が申し訳なさそうに森川さんに声をかけると、

「あの、もしよかったら津根奈さんのこと聞いてあげようか」

周りを見回すと、森川さんは声をひそめて聞いてきた。

「はあ？　いいですよ。なんでそんなに首を突っ込んでくるんですか」

氷谷はシュレッダーに書類を入れていた手を止めた。

「だって、どっちも好きだと思ってるくせに振られたとか、見ていてイライラするのよ。私がとやかく言うことじゃないかもしれないけど」

森川さんは何かを知っているのだろうか。

「どうしてそう思うんですか」

「だって、好きじゃなきゃ会ってくれるわけないでしょ。バーに行ったとか同じカクテルグラスに二人で口を付けたとか、のろけ話にしか聞こえないわよ。私だったら絶対にできない」

去って行った人を追いかけるのは無粋ではないのか。でも嫌だと言われそうなことを言ったのは氷谷の方だ。大切な本命だったら、そういうことは最後に取っておくのではないのか。恋愛初心者の氷谷はそこまで考えが及ばなかった。修正が利くなら苦労はしない。スクエアダンスで言うと、ベーシックではなくて、アドバンスだった。まだ講習を受けていないのに。

事務室の机の整理を終えた氷谷は研究室に行き、掃除を始めた。誰かの洗い残しのガラス器具などがあったので、洗って乾燥棚に置いた。ごみはまとめてごみ置き場に運んだ。

納会は午後三時から始まるとの館内放送があった。社員レストランに向かう社員が増え始める。氷谷も行ってみると、テーブルには缶ビールと簡単な料理が並べられていた。氷谷は帰りやすいように、テーブルの端に座った。見知らぬ人が、何人か来ていた。部長に呼ばれたメーカーの人らしい。

部長が社員レストランに入ってきた。紙コップにビールが注がれ、乾杯が行われた。後は各自気の合う人たちとの雑談となる。山岡部長はもっぱらメーカーの人と喋っていた。

氷谷はテーブルの端でビールを飲みながら、チーズ入りの竹輪を食べていた。雑談の声は次第に大きくなり、盛り上がってくると席を立って歩き回る者が出てきた。笑い声が大きくなる。入れ代わり立ち代わり、いろんな人が来ては座っていく。席を立ってトイレに行く人が居れば、トイレから帰ってくる人も居る。酒に酔って赤い顔でよろよろ歩いている人も居た。氷谷は特に酒が好きということはないのだが、酒の席の楽しい雰囲気は好きだった。

「あんまり飲んでないんじゃないの」

森川さんは氷谷の隣に座ると、顔を覗き込んだ。

「飲んでますよ。そうだ、ちょっと聞いてもいいですか」

氷谷は森川さんにぜひ聞きたいことがあった。

「いいわよ」

「結婚って相手をよくよく選ばないと、後悔するものなんですか」

そんなことを聞くつもりはなかったが、氷谷の口は勝手に喋っていた。

「後悔？　私は後悔なんかしてないわよ。昔々の人は結婚式当日に、結婚相手の顔を初めて見たなんてことがあったらしいじゃない。それでもふたりは仲良く暮らしましたとさ、みたいな昔話はあったと思うけど。結婚って、好き嫌いだけの問題じゃないと思うな。嫌いなのは嫌だけど」

森川さんは結婚しているから、結婚は人生の墓場だとは言いにくいのだろう。離婚する夫婦がたくさん居る時代だ。

「昔の人はただ我慢していただけじゃないんですか」

氷谷の言い方に森川さんはカチンときたのかもしれない。

「それは違う。どんな夫婦だって我慢というところは確かにあるでしょう。でも、お互いに相手のことを思う心が無ければ、そもそも結婚なんて成立しないわよ。そんなことは結婚する時には分かっていたはず。資産目当てなら違うかもしれないけどね」

「でも、人の心は変わると言うけど」

「変わるのは自分の価値観なの。相手を思う心は変わらない。心が変わったと言うなら、その思いは最初から無かったんだと思う。勘違いしていただけ」

森川さんはまるでキリスト教徒みたいだと思った。相手を思う心か。でも、キリスト教徒の多いアメリカで離婚が多いのは矛盾している。神父の前で何かを誓ったはずだが。

アメリカ人は結婚に肉体関係を重視しすぎている気がする。飽きてしまったら離婚するしかない。それに対して、日本人は精神的な関係を大切にしているのだろうか。離婚のできないカトリックだったら、どうするのだろう。

「もし氷谷さんの結婚相手が津根奈さんだとして、氷谷さんは結婚したら津根奈さんのことが、大切な存在ではなくなるかもしれないと思っているの？　氷谷さんが好きになるというのは、その程度のことなの？」

氷谷には言葉が見つからなかった。口が勝手に喋ったんだ。そんなものに価値はない。氷谷にとって津根奈は本当に大切な存在だったのだろうか。それが今では大切な存在ではなくなってしまったのだろうか。そんなはずはない。今でも好きだ。大切な存在だ。助けが必要なら今直ぐにでも飛んで行きたい。でもこれは自分の片思いだ。津根奈に押し付ける気はない。迷惑はかけたくない。津根奈にとって氷谷は、多分、嫌いじゃない程度の存在なのだ。嫌いじゃないと好きとの間には、深い川が流れている。自分は浮かれていた。近づきすぎれば、溺れて死ぬだけだ。

氷谷はよろよろと立ち上がると、社員レストランを後にした。

氷谷は年末を東京のアパートで過ごした。田舎には帰らなかった。親不孝者だ。帰れば田舎のことだから、そろそろ結婚相手をという話になる。今は話しようがない。帰るのは今ではない、そう思った。アパートのすぐ傍が商店街になっていて、チンドン屋の演奏が聞こえてきた。東京にもチンドン屋は居るのか。いや、東京だからチンドン屋は居るのか。なぜ氷谷は東京に居るのか。ありとあらゆる雑多な人間を呑み込む東京に紛れ込んで、誰も氷谷のことに関心を持っていないこの街でなら、氷谷は安心して生きていける気がしたのだ。

年が明け正月になった。街全体が、明けましておめでとうございます、の雰囲気を醸し出していた。せっかくなので、氷谷も初詣でのため明治神宮に出かけた。森に囲まれたような長い参道を歩くと、やはり非日常の世界の大きさに圧倒される。東京の人の多さにも圧倒された。プールのような「賽銭箱」に賽銭を投げ入れる。参拝を済ますと気の向くままにぶらぶら歩き、その後でアパートに帰った。

年末年始休み明けの初出勤の日、事務室で朝礼を待っていると、社長の新年の挨拶が館内放送された。それが終わり「さあ、仕事だ」の村上課長の一言で仕事が始まった。

直ぐに研究室に向かう者もいた。氷谷は事務室に残り、月度報告書を書いていた。締め切りは明後日だ。検査部の依頼で検討した改善策は、万全に思われた。しかし、よくよく考えてみると、弱点が一つあった。それは、標準曲線から測定値が求められた後、希釈再検査の必要な検体の番号を抜き出すのだが、その測定後のビーズに反応させる標識抗体が、キットに少し余分に入っていることを前提にしている点だ。キットメーカーがキットの購入数の減少を察知して、標識抗体の液量をギリギリまで減らすかもしれない。その場合はどうするのか。新しいキットをばらして標識抗体だけを使えば、ビーズが余ってしまう。結局はキットの無駄になる。氷谷の方法では対応できなくなる。予め考えておく必要があった。

翌日、氷谷は検査部の測定担当者に電話で、放射能の測定の時に、昨年末と同様の検討をするので、ビーズを捨てないでほしいと依頼した。もちろん、測定の時には手伝うという条件で。検査の仕込みは今日なので、明日一番に来てほしい、ということだった。

日の丸会館に久しぶりに行った。ロビーではコスチュームに着替えたお姉さんたちが正月休みのことを話していた。初詣はどこに行ったの？　神田明神。あなたは？　私は明治神宮。

「氷谷さん、明けましておめでとうございます。今年もよろしくお願いします」

多々野さんに声をかけられた。

「あ、おめでとうございます。こちらこそ、今年もよろしくお願いします」

氷谷は聞いてみた。

「初詣は行きましたか？」

「今年は近くの神社に行きましたよ。氷谷さんは？」

「明治神宮に行きました」

「それじゃあ、人が多くて大変だったでしょう。何か特別なお願いでもあったの？」

フフフと笑って氷谷はホールに入って行った。壁際の椅子に座って時間を待った。そして始まりの時間近くになると、パートナーを誘ってスクエアセットを作った。

佐田会長がマイクを握った。マイクの音量を確認してからホールのダンサーたちを見た。

「どーも。明けましておめでとうございます。今年もよろしくお願いします。寒いですねえ。風邪を引かないようにしてください。では、楽しく踊っていきましょう」

曲が流れ、コールが始まった。初めはヘッズ スクエア スルー フォーからだった。新人も軽快に動いている。スイングも遠心力を生かすように動けるようになってきた。続けてシンギングがあり、ブレイクとなった。

そういえば、今日からは黒木さんが居ないんだ。多々野さんが近づいてきた。

「本山さんは今日も来てないですね」

氷谷は辺りを見回してから多々野さんに聞いた。

「そうね、今度電話して聞いてみるわ」

多々野さんに次のチップを誘われたので、氷谷は手をつないでスクエアセットの中に入った。

曲が流れコールが始まった。

「バウ トゥー ユア パートナー、コーナー トゥー、アレマン レフト トゥー アレマン ザー ゴー フォワード トゥー メイク アレマン ザー、シュッ ザ スター フルターン アラウンド ゴー フォ

ワードトゥー メイク アレマン ザー……」

いくつかのセットが壊れた。通常、アレマン ザーは男性がセンターに入ることが多く、女性がセンターに入ることは少ないので、慣れていない女性は戸惑ってしまい、ぐずぐずしている間にコールは進み、隊形が壊れてしまうのだ。佐田会長から説明があった。

「えー、明日の日曜日にアニバーサリーのパーティーがありますが、このアレマン ザーを必ずコールするコーラーがいるんです。半蔵門のコーラーです。半蔵門では例会でアレマン ザーを毎回コールしているそうです。スクエアダンスの中では古いコールなので、普段コールされる機会が少ないのですが、一応テキストの中には載っていますので、覚えるようにしてください」

女性が右手のスターで後ろ向きに動き、そのパートナーの男性は女性と左手を取っていて反時計回りの方向を向いた隊形になり、そこからコールは続けられた。

例会前半のダンスが終わり、ミーティングの時間になった。初心者講習会を今年も三月から始めることについて話があった。

「新しい会員を募集せずに気の合った人たちだけで踊っているクラブがあります。しかし、それでは高齢化が進んで辞める人が増えるだけです。会員が増えなければクラブの発展はありません。クラブにとって一番大切な人は、踊りの上手な人ではなく、会員を増やしてくれる人です。お友達がいたら積極的に誘いましょう」

佐田会長からマイクが会員募集対策委員に渡された。

「地域の広報や新聞に、新人講習会の参加者募集のお知らせを載せますが、皆さんの近所に、家でゴロゴロしている人が居たらぜひ誘ってください。一人で歩ける人なら誰でも踊れるようになります。家でゴロゴロしていると、寝たきり老人になりますよ。ダンスはその予防にもなります」

聞いていて、まるで介護施設の説明だなと氷谷は思った。中年以上が多いのは確かだ。このままではヤバいかもしれない。若い人は入ってきても直ぐに辞めてしまう。黒木さんは貴重な人だったのに。この段階になるとダンスを楽しむというよりは、クラブを運営していく活動ということになってくる。お客さんじゃだめだよということなのかもしれない。

研究部の事務室で、氷谷はパソコンの画面を見ていた。部長の都合で月度報告会が午後に延期されたのだ。高山と横野は事務室には居なかった。氷谷は事務室を出て、図書室に入った。そして、新刊の雑誌に目を通した。一通り目を通してしまうと、ぼんやりと図書室の中の様子を見ていた。誰も座っていないテーブル。いつだったか、胸をときめかせていた自分が居たことを思い出した。あれは春の頃だったろうか。今は冬となりにけり。氷谷は昼食を済ませ、月度報告会の資料を持って研究室に向かった。

午後、山岡部長が研究室に入ってきた。そして月度報告会が始まった。

「それでは、報告会を行います。では、森川さん」

村上課長は森川さんの報告書をじっと見ていた。森川さんは説明を続けた。

「新しいキットについて検討しました。表とグラフに示しましたように、希釈直線性と添加回収試験は良好でした。測定系の基本に問題はないと思われます。問題は試薬の安定性にありまして、当日調製を行っています。測定再現性も、手際の善し悪しにより差が出てきました」

森川さんの検討しているキットは面倒くさい代物のようだ。

「検査部には嫌がられるか」

村上課長は森川さんを見た。

「輸入品じゃしょうがないな。もうちょっと探してみよう」

山岡部長が口をはさんだ。

「では、残りの検討が終わったら、検討報告書を出してください。では次、高山君」

「はい、今回は精製に伴う回収率について検討しました。表に示した通り回収率はだいたい50％でした」

「純品はとれたのか」

村上課長は高山をにらんだ。

「えー、だいたい……」

高山はノートをめくって何かを探しているようだった。

「純品にするために精製したのではないのか」

村上課長がしびれを切らして声を荒げた。

「えー、だいたい、60％は行ってると思います」

高山は不安そうな顔で村上課長を見た。

「うーん、低いなあ」

村上課長は不満そうだった。

「回収率がですか」

高山は顔を上げて課長の方を見た。

「精製純度に決まってるだろ。早く純品にしてくれと言ったよね」

村上課長の貧乏ゆすりが始まった。分かりやすい人だ。

「まず純品を手にしないとダメだな。回収率は無視して早く純品にしてもらわないと」

山岡部長がまた口をはさんだ。

高山は不満そうだったが、反論はしなかった。

「じゃあ、次回までに。今度こそ頼むよ。それでは、氷谷君」

「はい、検査部から依頼のあった反応についての検討です」

氷谷は検討してきたことを発表した。測定が済んだ後のビーズを捨てず、希釈再検査の検体が決まるのを待つ。キットの保証する標準曲線の上限を超える濃度の検体のビーズは、見かけ上低い測定値が出てしまうからだ。そこで、本来は廃棄するビーズに標識抗体をさらに反応させる。すると、異常高濃度検体では測定計数値が大幅に上昇する。したがって、上昇しない検体のビーズとの区別は容易であった。上昇しないビーズについては、当初の測定値のまま報告ができる。上昇するビーズの検体についてだけ、希釈再検査が必要になる。

「ゴミの再利用でお金を使わないというところがいいですねえ。そもそも金を使う検討ばかりを普通はやりたがるんだから」

村上課長は気に入ってくれたようだ。

「標識抗体を使うのだから、キットのビーズとのバランスで、標識抗体が足りなくなるということはどうなんだ」

山岡部長が核心を突いてきた。

「標識抗体液は少し余分に入っているため、それを四倍に希釈して使いました」

「メーカー側が標識抗体液の量をぎりぎりまで減らしてきたら、この方法は使えないぞ」

山岡部長はさらに追及してきた。

「それについても検討しました。標識抗体をさらに希釈することも可能ですが、別の方法を紹介します」

氷谷は説明した。最初の二十検体について、反応後にビーズを洗浄する前に反応液を別のチューブに回収する。結果が陰性だった反応液を一つに集めて緩衝液で二倍に希釈した。先ほど話した標識抗体と同じように使えるのだと。

「したがいまして、これをリサイクル標識抗体として利用すれば、キットに余分の標識抗体が無くても、本来の希釈再検査が必要な検体がどれかということが、希釈再検査する前に判明するというわけです。調べたところ、百本のうち九十五本は再検査不要でした」

山岡部長もこの説明には満足したようだった。

「なるほど、今までは宝物を捨てていたというわけだな。再検査が減った分は全て利益になる。売上ではなくて純利益だから、これは大きいぞ」

氷谷はさらに続けた。測定済のビーズにさらに標識抗体を加えて反応させると放射能のカウントが上昇する検体については、最初の測定値から本来の測定値を予想できます。標準曲線のピークを越える濃度で測定値の高い検体は、ビーズに反応できず余ったXが少なく、反対に標準曲線のピークを越える濃度で測定値が低い検体は余ったXが多いということです。データで確認する必要はありますが、希釈再検査で希釈倍数を一つに絞り込めれば、必要なビーズはさらに半分になります。

「いいねえ。そこは検査部が気付くべき点だと言ってやろう」

「ちょっと質問いいですか」

突然、高山が手を上げた。

「リサイクル標識抗体って、良さそうな名前を付けていますが、使用済の試薬と陰性検体の混じったものを使うなんて、そんなことが許されるんですか」

やっぱり攻撃してきたか、と氷谷は思った。反論しなければならない。

「現状ではキットにある標識抗体を使うので、リサイクル標識抗体を使う必要性は無いと思います。あくまでも可能性を示したまでです。それに、使うにしても再検査をするかどうかの判断に使うだけで、報告値に使うわけではありません」

「考えてみればこのキットの欠陥は明らかなんだから、標識抗体液の量を少し増やしてもらわないと困る、くらいのことはメーカーに言ってもいいと思うがねえ」

山岡部長は氷谷の発言に付け加えてくれた。高山は悔しそうに下を向いた。

村上課長は、そうですねと同意すると皆の顔を見渡した。

「よろしいですか。それでは、検討が済んだら正式に検討報告書にまとめてください。では、次は横野君」

月度報告会は続いた。

丸のスケの新年会が行われた。参加は自由だったが氷谷は参加することにした。場所は貸し切りの中華料理店で、入って直ぐのところには恒例のくじ引きボックスが置いてあった。これは好きな人同士が集まるのではなく、くじで決めた席に座り、誰とでも楽しく過ごしましょうという趣旨らしい。ぽつんと余ってしまう人が出るのは、人の世の常だからだと思うが。さらに中に入ってみると、なぜかテーブルが店の片方に寄せてある。まるで閉店作業の途中のような寂しい感じがした。指定された席に座る。隣は多々野さんだった。

「本山さんはきょうも休みなんですか？」

多々野さんに聞いてみた。

「電話してみたんだけどね、他の趣味が面白くなってきてそっちに集中したいから、スクエアダンスはやめるって言ってたわ。残念だけど」

「何の趣味なんですか」

「音楽だって言ってた。ギターみたい」

本山さんは新人の中でも一番上手だった人だ。黒木さんも居なくなったのに。

「一番上手な人が辞めていくのって、残念じゃないですか」

氷谷はそう思った。

「早く上手になる人は苦労しない分、感動も少ないみたい。だから興味を失うのも早いの。途中で辞める人は結構居る。氷谷さんも辞めちゃうんじゃないかと心配していたのよ」

「そうなんですか」

「覚えるのに時間がかかるけど毎週休まずに来る人は、最終的には踊れるようになるし、辞めずに続ける人が多いのよ。だから、なかなか覚えられない人を馬鹿にしちゃだめよ」

進路を変えていく人が続くと、同じことをただ続けているというだけでいいのだろうかと氷谷は不安になる。スクエアダンスは奥が深いという話は確かに聞いたが、その実態は経験してみなければ分かるものではない。周りが気になるのは、情熱が無くなったからだろうか。突然、津根奈を思い出した。ごめんなさい、用事を思い出したの。氷谷も用事を思い出していた。もっと仕事を頑張らなくちゃ。こんなことをしてていいんだろうか。

中華料理店のテーブルを移動させて空いたスペースには、気が付くと音響機器が運び込まれていて、佐田会長がマイクを握っていた。

「えー、皆さん。お楽しみのところを申し訳ありません。これからゲームをやります。新人の方はまず見ていてください。ではベテランの方、スクエアセットを作ってください」

コールが始まると、あれ？　とか、うわあ、とか、けっこう難しいとかの声が上がる。面白そうに動いている。スクエアダンスというよりは、確かにゲームみたいだった。

さあ、次は新人の方も入ってくださいという。それで、氷谷もスクエアセットに入ってみた。コールが始まり動いてみると、見た目以上にあわててしまうことが分かった。

スクエアダンスでは、手を取り合ったり手で支え合ったりしている。そこで、手を使わないで動くというルールに変更する。そうすると、いつもと感覚が違うので相当動きにくい。男性左側で女性が右側に居るのが普通のカップルだが、次はこれを左右位置交換して、踊る。ただこれだけでも動きが違ってくるので、変な感じだ。例えば、通り過ぎて右を向いていたのが、逆の位置だと左を向くことになる。とっさに言われると、今までの動きをしてしまうのだ。

男性と女性では、コールによっては動きが違う。男性と女性が向き合った時にしかできないコール、これは男性と女性で動きが違う。男性同士、女性同士ではできない。女性には、たすきを掛けて男性役もこなすベテランは多いが、女性役をする男性は基本的には居ない。女性の数が圧倒的に多いためだ。男性役専門の女性は結構居る。

いつもの例会でも、男性役をやったり女性役をやったりしている女性が、踊っている最中に間違えることもある。男性役としてスクエアセットに入ったのに、踊っている最中に女性になって踊ってしまうという勘違いがあるのだ。例えば、グランドライトアンドレフトで、男性が反時計回りに向かって女性と右手で通り過ぎ、次に来る女性と左手で、と思っていると、なぜか男性役の女性がやって来たりすることがある。いつもの感覚で女性として動いてしまったのだ。うわあ、と声を上げて氷谷は腕でバツ印を表示するのだ。

「スクエアダンスにはゲームみたいな要素があるんですね」

氷谷は多々野さんに話しかけた。

「そう、ボケ防止にいいとみんな言ってるわ」

ダンスという感じではなかったが、遊びとしては面白いのだろう。


ある日の土曜日、地下鉄の最寄り駅を降りて日の丸会館に行く途中で、大屋さんが前を歩いているのに気が付いた。追いつくと、氷谷は後ろから声をかけた。

「今晩は」

氷谷の声を聞き、大屋さんは振り向いた。

「あ、今晩は」

「本山さんがクラブを辞めるの、聞いてます?」

氷谷がそう聞くと、大屋さんは、えっという顔をした。

「本当ですか。上手な人なのにねえ。理由は聞いているんですか」

「好きなことが他にできたらしいですよ。ギターとか」

初心者講習を受け、パーティーデビューを経験してダンスが踊れるようになり、さあこれからだという時に辞めて行かれたら、クラブに残る人は寂しいに決まっている。だからクラブにとって大切な人とは、踊りが上手な人ではなく会員を増やしてくれる人なのか。なるほど、実感として分かる気がする。

日の丸会館の地下へ階段を下りて受付を済ませた。コスチュームに着替えてロビーに戻ると、多々野さんが待ち構えていた。

「最近はパーティーでちっとも顔を見ないわね」

氷谷は返事に困った。

「ええ、まあ仕事が年度末の追い込みで」

「そうなの。パーティーは日曜日なのに。でも仕事は大切だからね」

そうだ、と言って多々野さんは何か思い出したようだ。

「そういえば、先日のパーティーでね、あの若くてすらっとした人は来てないのかって聞かれたの。氷谷さんのことよ。一緒に踊れないと寂しいみたいだったわ」

氷谷には意外だった。そんな風に思われているのか。本山さんが来なくなって寂しいと、そう言っている氷谷がパーティーに来ないので寂しいと、そう思っている人が居たなんて。誰だろう、そんなことを思ってくれる人は。いや、氷谷をパーティーに行かせるための嘘かもしれない。誰かが言っていた。そんなことじゃ女性に騙されちゃうわよ。

週に一回、音楽に合わせてダンスで体を動かすことは、氷谷にとってはもはや大事なストレス発散になっていた。精神衛生上も良いことだと思っているので、例会を休んだことはなかった。ただ、パーティーに行って津根奈と顔を合わす勇気は無かった。自分の無様な姿を思い出したくなかった。逃げることでなんとか生き延びてきた。ネズミの生活だ。チュー。まだしてないよ。いや、違う。そうじゃない。もう一度、見つめられてくらくらっとなりたい。


氷谷は検討報告書を書いて村上課長に提出していたのだが、経費削減アピールが足りないと言われた。その部分を書き足すようにと。それで昨日、検査部にキットの値段などを調査しに行ってきた。現在は検討報告書を書き直しているところだ。

社員レストランで休んでいると、森川さんがすぐ近くに座った。

「あの廃棄物の反応とかいうの、最高ですね。私にはとても思いつかないわ」

森川さんが珍しく氷谷の目を見て褒めてくれた。

「森川さんに優しく見つめられると、くらくらっとなりそうです」

「バカじゃないの」

そう言うと、森川さんはプッと吹き出した。

「変わったわね。氷谷さん、そういうこと言う人じゃなかったのに」

「そうですか。一度言ってみたかったんです」

氷谷も自分の軽口に驚いた。

「やだ、私じゃなくて津根奈さんのことでしょ。私が教えてあげたからなあ、津根奈さんがダンスを踊ってるって。今でも好きなんだね。さしずめ私が愛のキューピッドかな」

森川さんは自己満足の世界に酔っているみたいだった。

「だから、振られたって言ったでしょ。もう会えないですよ」

最後のところで、氷谷の声が小さくなった。

「そうかー。もったいないなあ。誤解があるんだったら、ちゃんと謝った方がいいよ」

森川さんのアドバイスが身に染みる。このままでいいとはもちろん思っていない。

「それはそうと、検討報告書はもう出したの？」

「出しましたけど、書き直しですよ。もっと経費削減効果をアピールしろだって」

氷谷は森川さんの顔を見た。

「当たり前でしょ。経営者は数字を見てお金の計算をするだけなんだから」

氷谷が社員レストランからエレベーターに乗り込んでボタンを押そうとした時に、高山が乗り込んできた。二人だけの密室。嫌な雰囲気だ。緊張が走る。

「今度、研究部から検査部に異動する人が決まったそうですよ」

高山が嬉しそうに声をひそめて言った。そしてさらに続けた。

「氷谷さんは検査部の検査キットに詳しそうだから、適任じゃないですか」

そう言うと、高山はエレベーターから降りて行った。気取った足取りで。悪臭を残して。


昼過ぎから雪がちらちら降ってきた。今日は丸のスケの例会がある日なのに、天気が悪いと出かけるのが億劫だ。それでも出かける。地下鉄に乗り、駅の改札を出てエスカレーターで地上に出ると、雪は止んでいた。吐く息が白くなった。

日の丸会館に向かって歩き出すと、背後から男の声がした。

「氷谷さん」

振り向くと、まさかの青山だった。

「どうしたんですか、こんなところで」

「じゃ、行こうか」

青山は氷谷と並んで歩き出した。

「行こうかって、どこへ行くんですか」

「丸のスケの例会があるんだろ。そこに決まってるじゃないか」

「ひょっとしてクラブ訪問ですか。知りませんでした」

まさか青山がクラブ訪問に来るとは思ってもみなかった。パーティーがあるのか。

「薄情だなあ。少しくらい喜べよ。うちのクラブにもアニバーサリーはあるんだから」

氷谷は黙っていた。

「最近はパーティーで見かけないね」

氷谷は青山の顔をちらっと見た。

「ええ、まあ」

日の丸会館に着くまで黙ったままで二人は歩いた。到着すると青山は会館を見上げ、ゆっくりと中に入った。ここには初めて来るらしい。階段を下りて受付を済ませると、二人ともコスチュームに着替えた。青山は青のクラブコスチューム姿になった。東西スクエアダンス倶楽部の人は総勢五人で来ていた。

ホールには、スクエアセットを作って待っている人も多かった。氷谷は青いコスチュームの女性を誘ってセットに入った。

「もう何年くらい踊ってるんですか」

氷谷は女性に聞いてみた。

「五年です。ここは皆さんコスチュームを着ているので、パーティーみたいですね」

「東西スクエアダンス倶楽部の例会では、コスチュームを着ないのですか」

「コスチュームを持ってくるのが女性は大変なんですよ」

「ところで、青山さんって、どんな人なんですか」

氷谷は女性の顔を見た。

「踊りも上手でパーティーにもよく行ってるみたいだし、熱心な方ですよ」

開始の時間が来て、ホールの扉は閉じられた。

「どーもー。今晩は。寒いですねえ。今日は東西スクエアダンス倶楽部の皆さんがクラブ訪問に来てくれました。拍手！　後で紹介します。それでは今日も楽しく踊りましょう」

佐田会長の挨拶が終わると曲が流れ、コールが始まった。

「バウ トゥー ユア パートナー、バウ トゥー ユア コーナー、ヘッズ スクエア スルー フォー、ライト アンド レフト スルー、ビア レフト、ウィール アンド ディール……」

ダンスが終わり、ブレイクしてから次のパートナーを探して誘った。これを何回か繰り返して、ミーティングの時間になった。

各委員会からと新人募集の件でのお知らせがあり、その後で、東西スクエアダンス倶楽部からのお知らせがあった。青いコスチュームが五人並んで立ち、名前が紹介された。代表の一人がアニバーサリーの案内を行い、その間に青山ら四人はチラシを配った。最後は五人の礼で終わった。

そしてスナックタイムとなった。

後半のダンスが何チップかコールされ、例会が終了した。

ロビーのコーナーで着替えていると、青山が「帰りに一杯付き合わないか」と誘ってきた。何か話があって来たのだろうとは思っていたので、付き合うことにした。


日の丸会館を出て、二人は駅近くの居酒屋に入った。

「今日はご苦労様でした」

そう言って氷谷は青山とビールで乾杯した。そして、青山が喋るのを待った。

「最近パーティーで見かけないけど、何かあったの？」

「いえ、仕事で疲れていて」

「俺に嘘をつく必要は無いんじゃないのか。津根奈が心配してるよ」

久しぶりに聞く名前だった。氷谷はビールをグイッと飲んだ。

「津根奈さんがどうかしたんですか」

「どうかしたかじゃないよ。自分のせいであんたがパーティーに来ないんじゃないかと思っているんだ。あんたがダンスをやめちゃうんじゃないかと心配してるんだよ」

青山は津根奈の何なのか。津根奈を守ってあげたいとか言ってたじゃないか。

「青山さんが津根奈さんを守ってあげればいいじゃないですか」

「だから、今ここで、あんたに、こうやって喋ってるんじゃないか」

青山は、あきれたと言う顔をして氷谷を見た。

「何で津根奈が心配してるか分かんないのかよ。好きだからに決まってるじゃないか」

青山は大きな声を出した。顔が赤くなってきていた。酔っぱらうにはまだ早すぎる。

「だって、ぼくは嫌われたんですよ。もう終わったんです」

氷谷は下を向いた。

「何言ってんだよ。何も始まってないのに、終わったもへったくれもあるか。津根奈とは付き合ってたのか？　あんたから付き合いたいって言われてない、そう言ってたぞ」

津根奈からあのことを青山は聞いているのだろうか。

「津根奈さんから何を聞いたんですか」

「全部聞いたよ。付き合ってもいない男とそういうところに行く女が好きなのか？　津根奈はあんたみたいな馬の骨じゃあないんだよ。物事には順序というものがあるんじゃないのか。そういうところは古風な女なんだ。もっと大切にしてやれよ。可哀想じゃないか。これ以上話さなくても分かるだろ、男だったら」

青山の顔はさらに赤みを増していた。氷谷は思った。サラブレッドでないことは分かっていたが、自分が馬の骨だったとは。それにしても、あの時、どう返事をすれば良かったのか。

「どうしてぼくに、そんな話をしてくれるんですか」

氷谷は青山の顔を見ることができなかった。

「俺は津根奈に悪い虫が付かないように見張っていたつもりだ。あんたは仕事も真面目そうだし、悪い虫とは思っていない。津根奈とは同じスクエアダンスという趣味もあるしな。津根奈がいいと言うんなら、それでいいんだと思う。俺は津根奈の好きなようにさせたい、ただそれだけだ」

そう言うと、青山は伝票を掴んで立ち上がった。

「俺はこれで帰る。良かったら東西スクエアダンス倶楽部のアニバーサリーに来てほしい。津根奈も来るはずだから。後はどうするべきか、自分で考えろ」

氷谷は去っていく青山の後ろ姿を見ていた。青山が言っていたことは本当だろうか。そうだとしたら、氷谷はまたしても、何でもないことを一人で騒いでいたのか。面倒くさい男だ。愛想を尽かされても当然だ。それなのに、こんな男を津根奈は待ってくれているというのだろうか。津根奈に会いたくないのか。氷谷よ、いつまで逃げ回っているつもりなのか。

地下鉄の駅の改札を出てからエスカレーターで地上に出た。早いもので、氷谷が日の丸会館に通うようになってから一年が過ぎた。三月の第一土曜日、今日から初心者講習会が始まる。

先週は見学会があったのだが、氷谷は欠席した。初めて例会に行かなかった。くよくよ悩んでいた。ほとんどビョーキだった。こんな自分が嫌だった。頭がおかしいのなら病院へ行けば治してくれるのだろうか。氷谷はいつも同じところでつまずいている。つまずいて倒れたら立ち上がればいいと、津根奈はそう言ってくれた。それなのに、いつまでも成長しない自分が恥ずかしい。ダンス仲間にそんな自分の顔を見られたくない気持ちだった。それでも、音楽の中で体を動かすダンスを踊らずにアパートで一日を過ごしてしまうと、なぜ行かなかったんだろうと後悔する自分がいた。ダンスをしたい、その気持ちに嘘はなかった。

日の丸会館に入り階段を下りると、途中の踊り場に、初心者講習会の参加者向けの受付があった。昨年と同じだ。一年前の自分に会えるかもしれない。今晩は、と声をかける。階段から地下のロビーに目を向けると、いつもの賑わいがあった。華やかなコスチュームを着たお姉さんたちが、膨らんだスカートを揺らしながら歩いている。今では見慣れた光景だ。

階段を下りる氷谷をロビーから見上げていた多々野さんが、声をかけてきた。

「今日は来てくれてありがとう。仕事が大変なのかな」

「いえ、大丈夫です」

くよくよ悩んでいた気持ちはどこかに吹き飛んでしまったのか、消えていた。

氷谷はコスチュームに着替えて、ホールに入った。壁際の椅子には私服姿の知らない人たちが座っていた。初心者講習会の参加者だ。メンバーの人はスクエアセットを作って待っている。氷谷もパートナーを誘ってスクエアセットに入り、始まるのを待った。

佐田会長がマイクを握り喋り始めた。ホールのドアが閉められた。

「どーもー、皆さん今晩は。丸の内スクエアダンスクラブ会長の佐田亘でございます。今日は初心者講習会に参加してくださる方がたくさん来てくれました。どうもありがとうございます。私たち丸の内スクエアダンスクラブのメンバーは、毎週この場所でスクエアダンスを踊って楽しんでおります。皆さんにも、趣味としてのダンスを楽しんでもらえればと思います。では、まず会員のダンサーが踊りますので、初心者の方は見ていてください」

曲がかけられ、コールが始まった。

「バウ トゥー ユア パートナー、コーナー トゥー、ヘッズ パス ジ オーシャン、イクステンド、サーキュレート、ハーフ タッグ、スクート バック、ボーイズ……」

コールが終わり、ブレイクした。

「今年は初心者講習会に集まった人は去年よりは少ないみたいですね」

氷谷は多々野さんに聞いてみた。

「ちょっと少ないかもね。でも去年が多すぎたとも言えるわけだし」

多々野さんによれば、去年は豊作の年だったそうだ。今年がそれより少なくても、心配いらないと言っていた。

「それでは、初心者講習会を始めます。会員の方は新人を誘ってスクエアセットを作ってください」

佐田会長がマイクでそう言うと、うわーっとコスチューム姿の会員が新人めがけて殺到した。そして新人を誘うと、ホールの中ほどでスクエアセットを作っていった。昨年の新人、氷谷と同期の人たちで、自分から誘いに行かなかった人は取り残されていた。今までは取り残されることは無かったが、今年の新人が入ってくると昨年の新人のことなんか、見向きもされなかった。氷谷は、取り残されて顔をこわばらせていた中山さんを誘った。

「これからは積極的に誘わないと、踊れないね」

氷谷は中山さんの顔を見て言った。

「これが現実なんだね。コワーイ。今まではちやほやされていただけなんだ」

中山さんはかなりショックだったみたいだ。

今年は佐田会長が初心者講習会を担当するようだ。

「では、新人の方、お待たせしました。見学会でも説明しましたが、今日初めての方もいらっしゃいますので、改めて説明します。スクエアダンスとは、四カップルが……」

最初の講習が終わり、ブレイクになった。例会では、復習を含めて講習は四回行われる。

氷谷は中山さんに声をかけた。

「新人を誘っちゃえばいいんだよ。そうしたら、セットには必ず入れてくれるから」

氷谷は名案だと思った。

「それって、男役をやれっていうこと？」

それを聞いて氷谷はあっと思った。そうだ、新人で集まった人のほとんどは女性だ。

「でも、男役として講習を受ければ、ベテランみたいに男性役も女性役も両方踊れるようになれるよ」

そうすれば、同じ初心者講習でも昨年の繰り返しではなく、新しい講習になるはずだ。中山さんもそれを聞いて「それもそうだね」と、やる気が出てきたようだ。


朝礼で村上課長から重大発表があった。

「四月から高山君が検査部に異動になります」

高山はビクッとして、驚いた顔で課長の方を見た。

「驚いたかもしれないけど、まあ、そういうことだから。細胞培養技術を生かして、さらに進化してください。以上です」

課長の発表は素っ気ないものだった。高山が氷谷を睨んでいる。氷谷のせいだと思っているのかもしれない。先日エレベーターで会った時には、あんなに嬉しそうな顔をしていたのに。

明日、午前十時から本社で表彰式がある。予め村上課長からは知らされていた。年に一度の業績表彰だ。研究三課からは、森川さんと氷谷が出ることになった。研究職に対しては開発表彰と呼ばれている。夕方の事務室で、森川さんが氷谷に注意した。

「スーツを着てネクタイを締めてこなきゃだめよ。氷谷さんはそういうところが抜けているんだから」

「別に、抜けてなんかいませんよ」

氷谷は服装にあまり頓着しないだけだ。それが森川さんにはバレバレなのだ。

「普通の人がそういうことをしちゃだめ。そもそも女性とデートしないからファッションに興味も無いし、成長しないのよ。大人になる前に済ませておくべきことを、スルーして大人になっちゃう人って、面倒くさいのよね」

氷谷にとっては、表彰式とかセレモニーみたいなことはできれば避けたいところだ。面倒くさいのだ。しかし、社会とかかわっていくということは、それ自体がセレモニーなのかもしれない。久しぶりのスーツにネクタイか。明日は本社に直行する。森川さんと駅で待ち合わせをして、一緒に行くことになった。

表彰式の当日は天候に恵まれ、青空が見えた。セレモニーに相応しい一日になるだろう。

駅で立っていると、森川さんが改札口から出てきた。氷谷が手を振ると足早に近づいてきた。お洒落な森川さんを見るのは初めてだ。

「ちゃんと服装を決めれば凛々しく見えるじゃない」

氷谷を真正面から見ると、森川さんはネクタイを直してくれた。なんだか気恥ずかしい。

本社ビルに入り、森川さんと受付を済ませると、二人でエレベーターの到着を待った。そして、エレベーターに乗り込んで十一階のスイッチを押した。扉が閉まるとスーッと体が上昇していく。

表彰式会場になる会議室には椅子が並んでいて、既に半数以上には人が座っていた。空いている席に森川さんと座る。知らない人の中でじっと座っているのは苦手だ。

準備が整ったのか、午前十時を少し過ぎてから表彰式は始まった。司会役の男性がマイクを握って喋り始めた。見ると隅の方に津根奈の姿が見えた。広報も来ているのか。

「それでは表彰式を開始したいと思います。社長からお言葉をお願いします。どうぞ」

マイクを渡された社長の話は、さすがに経営者であり、恰幅も良く弁も立つと思った。上に立つ人は、経営者たる者は夢を語ってほしい。夢があれば希望を持てる。夢が無ければ希望も無い。

氷谷にとっての夢とはいったい何だろう。

表彰状は社長から直々に渡された。営業表彰で青山さんの名前は無かった。氷谷と森川さんは開発表彰を受けた。森川さんは三等で金一封三万円、氷谷は二等で金一封は五万円だった。

表彰式も終わり、森川さんと会議室を出たところで、氷谷は呼び止められた。振り返ってみると、そこに笑顔の津根奈がいた。

「氷谷さん、開発表彰おめでとうございます。そして森川さんもおめでとうございます」

そう言うと、津根奈は会議室の中へと足早に戻って行った。

森川さんが可笑しそうに笑った。

「何が可笑しいんですか」

氷谷は森川さんに問いただした。

「だって、ものすごく嬉しそうな顔してるんだもの。ほら、やっぱり、今でも好きなんじゃない」

しまった。隣に森川さんが居ることを氷谷は忘れていた。


日曜日の朝、いつもと同じ時間に目が覚めたはずだが、昨日は夜遅くまで起きていたので、眠くて二度寝してしまったのだろうか。昨夜は、津根奈に会ったら何を話せばいいのか、ぐだぐだと考えていたのだが、そのまま眠ってしまったらしい。カーテンの隙間から日光が差してきて、氷谷の顔を照らしていた。眩しくて目を覚ます。しまった。寝過ごした。突然がばっと氷谷は起き上がった。今日は東西スクエアダンス倶楽部のアニバーサリーだ。行かなければならない。コスチュームやシューズは既にバッグの中に入れてある。身支度を済ませ、急いでアパートを出た。完全に遅刻だ。最寄りの駅で電車に乗り、いくつか乗り換えてパーティー会場近くの駅に着いた。北口の改札を出てから、チラシにある地図を確認して歩く。徒歩七分で会場のビルに着いた。

エスカレーターで四階に上がり、真っ直ぐ進んだ。コスチューム姿の女性たちが歩いているのが見えた。入り口に東西スクエアダンス倶楽部のアニバーサリーと書かれた看板が立てられていて、その中へ女性たちは入って行った。受付横のテーブルで参加申込書に東京、丸の内スクエアダンスクラブ、氷谷露丸と記入し、日本スクエアダンス連盟会員のところにマル印を付けた。受付には二人の女性と共に青山も座っている。参加申込書に参加費を添えて青山に差し出した。十一時半だった。

「遅かったじゃないか。もう来ないのかと思ったよ。津根奈はもう来ているぞ」

青山が氷谷の顔をじろりと見て言った。

「寝坊してしまって。でも、お昼のスナックタイムに間に合って良かった」

氷谷はお昼をスナックで済まそうと思っていたのだ。

「おいおい、まだ寝ぼけてるのか。言っとくけど、うちのスナックは銀座みたいにお金使ってないからな。参加費見れば分かるだろ」

青山はあきれたという顔をした。

氷谷が最後に参加したパーティーは銀座スクエアダンスクラブのアニバーサリーだった。それでスナックは豪華だと勘違いしてしまったのだ。とにかく、プログラムと参加証を受け取ると、更衣室に急いだ。

更衣室から出ると、氷谷はスナックルームに入った。お腹の膨れそうなプチ洋菓子を選び、紙コップに入れたコーヒーを飲んでモーニングの代わりとした。お腹は空いていなかった。スナックルームにダンサーがどっと入ってきた。ダンスが一段落したのだろうか。プログラムを見ると、昼時間はプラスと難しいメインストリームとラウンドダンスになっていた。氷谷は踊れないので、ホールに行って見ていることにした。

ホールに入り、壁際の椅子に座った。ダンサーたちはラウンドダンスを踊っていた。カップルダンスだ。ステージでマイクを握っている人が指示を出している。コールではなくキューと呼ばれる。即興ではなくて曲に振りが付いているので、覚えていなくても次のステップは何かを教えてくれる。そこがスクエアダンスに似ていると思う。スクエアダンスのパーティーでなぜカップルダンスがあるのか、氷谷には不思議だったが、これもアメリカ流なのだろう。スクエアダンスだけでは物足りないというのだろうか。アメリカ人は飽きっぽいのに違いない。

丸のスケの会員の中にはラウンドダンスのクラブにも入っている人がいる。その人の話によると、ラウンドダンスのパーティーでは、同じパートナーとずっと一緒に踊るのだという。変だな。

飽きっぽいアメリカ人には向いてないと思うのだが。そうか、夫婦で踊るのかな。

昼時間も終わりに近づくと、ホールに人が戻ってきた。踊りが終わるのを待った。プログラムを見るとメインストリームが三回続く。昼時間のダンスがブレイクになった。周りで待っていたダンサーは誘い合って、我先にコーラー近くの場所に急いでいた。氷谷も近くに居る女性を誘ってホールの中に飛び出した。そしてスクエアセットを作る。ホールの中は八人からなるスクエアセットでいっぱいになった。どこに誰が居るのか、よく分からない。

コーラーが紹介され、曲が流れるとコールが始まった。踊りながら氷谷は辺りをきょろきょろしながら探した。その姿がちらっと見える。津根奈がいた。少し離れたところのセットにいる。確認した後で踊っている途中、ホームに戻った時にパートナーに謝った。きょろきょろしてごめんなさいと。パートナーは変な人でも見るような表情をした。

踊りが終わりブレイクすると、氷谷は津根奈のセットの方向に居た女性に「踊ってください」と言って誘うと同時に手を取り、津根奈の方向に急いだ。そして津根奈が居るセットに滑り込んだ。津根奈は四組で氷谷は三組の位置に入った。ちょっと離れている。あっ、という表情をした津根奈が見えた。氷谷も目で合図した。

「丸のスケの氷谷です。もう何年くらい踊ってるんですか」

氷谷は普段通り、誘ったパートナーに話しかけていた。

「ちょうど二年かな。やっとパーティーで踊れるようになったの」

踊れるようになって、今は楽しくてしょうがないという感じだった。

次のコーラーが紹介され、曲が流れてコールが始まった。

「バウ トゥー ユア パートナー、コーナー トゥー、ヘッズ パス ジ オーシャン、イクステンド……」

ここで氷谷は津根奈と右手を取り合った。津根奈が握手するように手を小さく動かした。津根奈が氷谷のことを嫌っていないらしいと信じることができた。長いこと忘れていた心の中の風船が遠慮しながらも膨らんでくるのを感じた。

「リサイクル……」

ここで氷谷は津根奈と隣合わせのパートナーになって、手をつないだ。

「ライト アンド レフト スルー、ビア レフト、カップル サーキュレート、ベンド ザ ライン、ゴー フォワード アンド バック、スター スルー、ドサドー……」

氷谷は津根奈と一緒に踊る楽しさを満喫していた。踊っている時に笑顔で見つめてくれる。こんな女性は他には居ない。貴重な存在だ。多分、氷谷自身も緩んだ顔をしているに違いない。ふわふわした気持ちで動いていた。

踊りが終わり、シンギングも終わってブレイクした。八人が右手を中に向けて伸ばして「サンキュー」と言った時、氷谷は直ぐに津根奈の手を捕まえた。「踊ろう」と言って津根奈を見た。「はい」と津根奈は答えると、もっとステージ近くに行こうと氷谷の手を引いた。二人は手をつないで走って行き、空いてるセットにうまく入ることができた。ステージ近くには、踊れるダンサーが集まっているというのがもっぱらの噂だ。

待っていると、次のコーラーの紹介があった。曲が流れ、コールが始まった。

津根奈をパートナーとしてスクエアセットに入ると、なんとなく氷谷は自信が湧いてくる。自分のステージが上がったような錯覚を覚えるのだ。見せびらかしたくなる心理が氷谷にも分かる。津根奈は注目される存在だ。氷谷には無い華がある。そんなことを思いながら、だからこそ踊りを間違えるわけにはいかないと思い、コールを一生懸命に聴いた。

シンギングの曲は『オンリー ユー』だった。まるで氷谷に対する応援歌のようだ。今の氷谷にとってのオンリー ユーは津根奈しかありえない。恥ずかしくて彼女の黒い瞳をまともに見ることができない。コールが終わりブレイクすると、津根奈をスナックに誘った。

スナックルームに行く途中で氷谷は津根奈に聞いてみた。

「プラスは踊らないの?」

「プラスの講習があるのは例会とは別の曜日だから、銀座ではなかなか行けなかったの」

津根奈によると、別のクラブのコーラーがやっている教室でプラスの講習を受けていると。今は踊り込みの段階だそうで、まだパーティーで踊る自信は無いようだ。

「そうなんだ」

スナックルームに入り、テーブルのお皿からお菓子を取った。そして紙コップにお茶を汲んで、空いているソファに隣合って座った。

「パーティーで全然見かけなくなったから、辞めちゃったんじゃないかと心配してたんだ」

津根奈の声はしんみりしていた。

「そんな風に思われていたなんて、考えてもみなかった」

氷谷も素直に答えた。

「だって、あんなことがあったんだし。とにかく私が原因で辞めて欲しくなかった」

「優しいんだね。ちゃんと謝らなければ。この前はごめんなさい。津根奈さんは何も悪くないのに、ぼくは優しくなかった。そのことにやっと気が付いたんだ。大切な存在だってことが。だから今は反省している。この通り許してほしい」

氷谷は津根奈の方を向いて頭を下げた。

「謝ってくれるんだ。素直なんだね。そういう人は初めて」

「このパーティーが終わったら、お茶しませんか？　話をしたいんだ」

「分かった。終わったら正面玄関で待ってるね」

次も一緒に踊ろうと言って津根奈を誘った。そして、二人でホールに入った。プラスが踊られていたので、空いている椅子に並んで座り、コールが終わるのを待った。

そのチップが終わったので立ち上がり、手をつないでホールの中央に向かって急いだ。あっという間にスクエアセットが出来た。

司会の人からコーラーの紹介があり、曲が流れコールが始まった。

スクエアダンスでは、一チップごとにパートナーを替えて踊るが、ずっと津根奈と踊っていたい気分だった。津根奈の笑顔が、柔らかい手が忘れられない。楽しい時間はあっという間に終わってしまった。踊りが終わりブレイクすると、氷谷は同じセットの中に居た女性から「踊ってください」と誘われた。津根奈を見ると、行きなさいと手で合図された。

手をつないで、女性が誘うところへ一緒に急いで行った。コーラー席の前に、一カップル分空いたスクエアセットがあり、そこに入った。

「基準セットですがいいですか？」

そう女性に聞かれた。

「基準セットって、何ですか？」

氷谷はよく知らなかった。

「私たちのクラブのコーラーがこれからコールするんです。それで、コールするためにコーラーに見てもらうセットなの。だから、壊れてはだめなんです。さっき見ていて、あなたなら大丈夫と思って誘いました。いいですか？」

女性の説明に、氷谷は驚いたが、ここは受けて立つしかない。まるでメインストリームの卒業試験のようだと思った。

「分かりました。頑張ります」

司会者からコーラーの紹介があった。半蔵門スクエアダンスの会のコーラーだと紹介された。曲が流れ、コールが始まった。

「バウ トゥー ユア コーナー……」

皆はパートナーと挨拶しようとして、「コーナー」とコールされたことに気が付き、笑い声が上がった。

「バウ トゥー ユア パートナー、アレマン レフト トゥー アレマン ザー ゴー フォワード トゥー メイク アレマン ザー、シュット ザ スター フル ターン アラウンド ゴー フォワード トゥー メイク アレマンザー……」

氷谷はこのコールを覚えていた。確か今年の例会で佐田会長がコールをしていたことを。会場では、壊れるセットがいくつかあったが、コーラーは構わずにコールを続けた。氷谷の入ったこのセットはおそらくベテランばかりなので、氷谷も動きに合わせてセットを壊さずに踊った。べテランが揃ったセットは踊りやすかった。

シンギングも終わり、ブレイクすると「どうもありがとう」とパートナーの女性に言われた。コーラーの陰には協力してくれるダンサーがいたのだ。頭がぼーっとしていて、女性の名前を聞くのを忘れてしまった。

氷谷はホールを出て、お手洗いに行った。戻って来る時に受付を見ると、青山が座ったままそこに居た。氷谷は受付のところに行き、青山の前に立った。

「青山さん、パーティーに誘ってくれてありがとう」

「そうか、良かったな」

青山は何もかも分かっているような様子で、氷谷の顔を見て微笑んだ。


パーティーが終わり、氷谷は津根奈を駅近くのコーヒーショップに誘った。レジでアイスコーヒーとブレンドを買い、店の奥の周りの人から離れた場所のテーブルに向かい合って座った。そして津根奈にアイスコーヒーを渡した。

「半蔵門の人に基準セットに誘われて、凄い緊張した。でも壊れなくて良かった」

氷谷は津根奈の前で誘われた人とのダンスについて、一応報告しておいた。

「半蔵門は伝統のあるクラブだから、そこで認められたのならダンスは合格だね」

津根奈は自分の事のように喜んでくれた。そこで氷谷は居住まいを正した。

「津根奈さん、今日はパーティーに来てくれてありがとう。会えて嬉しかった。ぼくは自分のことばかり考えて、きみには優しくなかった。改めて謝らなきゃ。ごめんなさい」

氷谷は津根奈に謝った。そして自分は、津根奈に以前言われた古典的ロマンチストかもしれない、と話し始めた。自分では分からないけど、人からはそう見えるんだったら、そうなのに違いない。津根奈のことは大好きだ。なぜかなんて理由は説明できない。一緒に居て、安心感があるんだ。この人と一緒に居たい。自分の一方的な思いだ。できれば津根奈の望んでいる存在になりたい。できれば津根奈を守りたい。できれば、これは自分勝手かもしれないけど、津根奈を……幸せにしたい。最後のところは声が小さくなった。

「津根奈さん、ぼくと付き合ってください」

氷谷は津根奈の目を真っ直ぐに見た。

「やっと言ってくれたね。こちらこそよろしくお願いします」

礼儀正しくお辞儀をし、そして氷谷の顔を見た津根奈は、ぷっと吹き出した。

「やだ、そんな真面目な顔して。もっとフツーにして欲しい」

「そうだね。アー、緊張した。人生で一番大切なものは何かが分かった気がする。今はすごく嬉しいんだ。もう迷わないよ。ぼくには津根奈という大切な存在ができたから」

氷谷は握手をしたかったが、ダンスを離れると津根奈の手は遠くにあると感じた。

しばらく雑談をした後で、二人は店を出た。春のそよ風が氷谷の頬を撫でた。少し歩くと津根奈は立ち止まり、氷谷に向き合った。そして必殺技を繰り出したらしい。氷谷は津根奈の瞳に吸い込まれていた。津根奈の顔が近づいてくる。目の前に。チューだろうか。氷谷は目を閉じた。

津根奈のささやく声が聞こえた。

「私のことは純と呼んでね」

そっと目を開けると、津根奈は氷谷の顔を覗き込み微笑んでいた。顔が熱くなる。

「分かった、じゅん。大好きだよ」

氷谷は純に微笑み返し、二人並んで歩き出した。そして、そっと手を伸ばして純と手をつないだ。純も氷谷の手を握り返してくれた。

（了）

本作はフィクションです。登場する団体やクラブ名は全て架空のものです。

著者プロフィール

小宮 天八（こみや てんぱち）

1952年、大阪市生まれ。広島大学卒業、同大学院農学研究科修士課程修了。1979年、特殊臨床検査会社に入社。定年まで勤める。2006年、東京スクエアダンスクラブに入会。その後八王子ウエスタンロードスクエアダンスクラブに移り、コールの勉強をする。退会後フリーになり、本作品を書くために東京作家大学渋谷校宮下ゼミなどで小説の書き方を勉強する。

ダンスる女子とスクエア男子

2023年12月15日　初版第1刷発行

著　者　小宮 天八
発行者　瓜谷 綱延
発行所　株式会社文芸社
〒160-0022　東京都新宿区新宿1－10－1
電話　03-5369-3060（代表）
03-5369-2299（販売）

印刷所　株式会社フクイン

ISBN978-4-286-24691-8